간도진위대

간도진위대

1판 1쇄 찍음 2016년 1월 5일
1판 1쇄 펴냄 2016년 1월 11일

지은이 | 듀이 문
펴낸이 | 정 필
펴낸곳 | 도서출판 **뿔미디어**

편집장 | 이재권
기획 · 편집 | 문정흠

출판등록 | 2002년 9월 11일 (제1081-1-132호)
주소 | 부천시 원미구 소향로 17번길 두성프라자 303호 (우) 14544
전화 | 032)651-6513 / 팩스 032)651-6094
E-mail | bbulmedia@hanmail.net

값 8,000원

ISBN 979-11-315-6735-7 04810
ISBN 978-89-6775-332-0 04810 (세트)

둑이 묻은 대체 역사 소설

間島鎭衛隊 간도진위대

9

행군하는 어느 병사의 입에서 나직이 군가가 흘러나왔다. 일제에 빼앗긴 강토를 되찾기 위한 첫 출정.

그 설렘 때문인지, 그의 노래가 행렬에서 조그맣게 맴돌기 시작하더니 이버 진군으로 길게 퍼져 나갔다.

이윽고, 간도 화룡 골짜기에 간도진위대(間島鎭衛隊)의 군가가 힘차게 메아리치며 한가득 흘러 다녔다.

차례

제1장

포석

뜨거운 여름날. 노야령 산지와 액목 벌판을 어루만지는 듯 불어온 산들바람이 지열로 뜨거워진 농부의 뺨을 식혀준다.

　한여름 땡볕 더위도 잊은 채 한창 밭일에 열중하다 먼 발치서 새참을 이고 오는 아내의 모습을 발견한 김씨. 그는 손을 툭툭, 털더니 밭둑으로 나가 참을 받아 내렸다.

　"수고했구먼."

　아내는 활짝 웃더니 잔을 챙겨 탁배기부터 한 잔 따라 주었다.

"어~차! 좋다! 한잔할 텨?"

아내는 남편이 건네는 잔을 받아 들면서 빠르게 밭이랑을 훑었다.

"워째 일한 티가 이리 안 난대유?"

아내의 시선이 먼 쪽 밭고랑, 잡초가 수북이 자라 있는 곳에 닿은 모양이다.

"오자마자 핀잔인감?"

"아유, 그만큼 밭이 넓다는 얘기지."

농부들은 땅을 개간하는 일과 파종을 거의 동시에 진행했다. 땅을 살짝 손보아 씨 뿌리기라도 가능하게 만들었다. 손보았다고는 하나 여전히 돌투성이에 잡초가 무성한 땅이다.

그렇다 해도 씨를 뿌리는 일이 우선이었다. 땅을 돌보는 것은 그 이후에 해도 늦지 않을 거라 생각했다. 좋은 농토로 만들어 소출을 늘리는 것보다 소출 자체를 내는 게 더 중요한 일이기 때문이다.

그런 노력 덕분인지 김씨네 밭엔 지난 늦봄 파종한 잡곡들이 무럭무럭 자라고 있었다. 여전히 많은 손길이 필요한 땅이라 해도 말이다.

"한다구 했는디 너무 넓은가 벼. 그래도 올봄에 비허

면 양반이지. 제법 밭 모양새가 되어가지 않어?"

"그러게유."

"올 가을걷이만 잘허면 아무 걱정 없었구먼. 여기 오길 잘했어. 그때에 비하면 정말 양반이지."

김씨는 좋은 것엔 말끝마다 '양반'을 붙였다. 충청남도 어느 지방에서 소작농으로 입에 풀칠도 못할 정도로 빈한한 삶을 이어오던 그. 그런 김씨의 귀에 작년 가을부터 동네에 돌기 시작한, 간도에 관한 소문이 들어왔다.

그는 겨울 농한기 동안 옆 마을이며 읍내 장이며, 거침없이 발품을 팔며 소문의 진상을 확인하고 다녔다. 오랜 고민 끝에 결심이 서자 아내와 노부모를 오랫동안 설득한 후, 날이 풀리기도 전에 가족을 데리고 간도행에 나섰다.

"후후, 그때, 이 참봉 댁이 아주 달달 볶아댔지."

"그러게. 우덜만 그런 게 아니라 다른 이도 다덜 떠난다니께 농사 망허게 생겼다구 아주 발을 동동 구르지 않았슈?"

"있을 때 잘했어야지. 왜놈들하고 찰싹 붙어 댕기다 또 뭔 일을 벌인답시고 소작료를 올려 버리니, 누가 남아 있었어? 안 그래도 굶어 죽을 판인디. 더 달라 허면 굶어 죽으란 소리지."

이들은 액목군의 너른 농지에 자리를 잡았다. 랍법하(拉法河) 중상류 지역의 매우 기름진 땅이었다. 여기서 몇 킬로미터 남쪽으로 가면 액목군청이 나온다.

군청 인근 지역은 앞으로 시가지로 조성될 예정인데, 랍법하와 교하(蛟河)가 합류하는 지점에 위치해 있었다.

같이 간도로 들어온 고향의 몇몇 이웃들과 한 마을을 이루고 '수청동'이란 마을 이름도 내걸었다.

이들은 액목군청에서 약 2개월간 주민 교육을 받은 후, 군청에서 내준 이 땅에 자리를 잡았다. 그때부터 마을 사람들은 힘을 합쳐 거처를 꾸미고 땅을 개간하기 시작했던 것이다.

군청에서 얻어들은 바, 이들처럼 봄에 온 이들은 대개 땅을 얻어 농사짓기를 희망했지만, 작년 가을이나 겨울에 온 이들은 도시에 머물며 주정부의 직원이 되거나 공장에 취업하기로 했단다.

편한 대처 생활에 적응이 된데다 곧 학교도 세워진다 하니 자식 교육 욕심에 그런 선택을 한 것이다.

"근디, 사람들이 마구 들어와 농토가 부족허게 되면 다시 뺏진 않겠쥬?"

"그럴 일 없다잖어. 앞으로 땅이 더 넓어진다고 허니 괜찮겠지."

김씨네처럼 간도로 들어와 처음 농지를 배정 받은 농민들은 주정부의 약속을 쉽게 믿지 못했다. 겨우 5년간만 관청에 소작료를 내면 소유권을 인정해 준다는 점도 그렇고, 받은 땅이 생각보다 훨씬 넓었기 때문이다. 그러니 아내처럼 아직도 그 진의를 의심하고 있는 이도 있었다.

간도의 정책이 그렇다면 누가 간도로 오지 않겠는가. 그럼 간도 땅이 사람으로 미어터지게 될 테고, 그럼 다시 정부가 땅을 내놓으라고 할지 모른다는 얘길 하는 이들도 있었다.

하지만 그런 가정은 물정 모르는 농민들의 순진한 발상에 불과했다. 앞으로 유민의 상당수가 도시에 정착해 상공업에 종사하게 될 것이란 점과 더욱 영토가 넓어질 것이란 점을 예상하지 못해 하는 말이었다.

주정부는 기존 거주민인 만주족과 한족의 사유지—주정부와 각 이민족의 마을 대표들이 협상을 통해 확정한—를 제외한 모든 토지를 국유지로 간주한다고 선언했고, 이 중 극히 일부만 농지 명목으로 유민들에게 나눠 주었다. 앞으로 도시나 공장 지대로 조성될 토지는 전혀 배분해 주지 않은 것이다.

간도 땅은 워낙 넓었다. 그런데 인구는 말도 안 되게 적다 보니 앞으로 농지로 나눠 줄 땅은 넘쳐 났다. 또 유민들에게 토지 소유권을 줄 때도 정부 차원에서 행하는 개발 사업이 추진되면 시가에 해당하는 보상금을 받는 조건하에 무조건 내놓아야 한다는 단서도 달아놓았다. 사실상 토지 공개념 원칙을 부분적으로 적용한 것이다.

그때, 멀리서 바람결을 타고 낯선 소리가 들려온다. 소리에 즉시 반응한 김씨는 실눈을 뜨고 한참 들판을 살폈다. 저 멀리 아지랑이처럼 일렁이는 어떤 형상이 시야에 들어오자 김씨는 그게 군인의 행렬임을 곧 알아차렸다.

"응? 오늘도 군인들이⋯⋯."

"뭔 군인들이 저리 많이 온대유?"

"어제 액목군청의 이 주사가 와서 왜놈들을 치러 간다고 하지 않았남?"

"왜놈들이 남쪽에 있지, 서쪽에도 있대요?"

"거기도 있다잖어."

이들이 발견한 건 간도진위대 제4사단 병력이었다.

제4사단장 추명찬 준장은 제7연대와 18연대 및 사단 사령부 등 총 6천여에 이르는 병력을 이끌고 액목읍 인근 지역에 자리를 잡았다. 이들이 화룡을 출발한 게 7월 1일이고, 오늘이 9일이니, 거의 열흘 가까이 지난 셈이다.

도중에 서정인 대령이 지휘하는 제12연대는 본대에서 갈라져 나와 화전을 향해 방향을 틀었고, 액목에 남아 있던 22연대는 연대장 최군칠(崔君七) 중령의 지휘 아래 역시 화전으로 떠난 상황이다.

"충성!"

"오, 함 대령!"

"편히 쉬셨습니까?"

"쉬고 말게 할 게 뭐 있겠소, 차를 타고 편하게 왔는데. 이 먼 거리를 걸어온 병사들이 문제지."

"하하, 미안해하지 마십시오. 사단장님은 늘 편하게 지내셔야 합니다. 그래야 맑은 정신으로 지휘할 수 있는 것 아니겠습니까?"

7연대장인 함홍식 대령은 추명찬 사단장의 따뜻한 마음 씀씀이를 다시 확인하고는 미소를 지었다. 추명찬은 선견한국분견대 출신 간부들 중에 가장 먼저 간도군과 접촉한 이였다. 그래서인지 간도군에 가장 먼저 동화된 인물이기도 했다.

"충성!"

"김 중령도 왔군."

지휘 막사에 또 한 명의 젊은 장교가 들어섰다. 제18연대장 김원교 중령이었다. 이번에 파격적으로 승진한 연대장 급 장교들 중 그와 현홍근 중령이 가장 젊은 축에 속했다.

그 때문에 간도군 사령부 내에서 작은 논란이 있었지만, 아무리 젊다 해도 선견한국분견대에서 당당히 부대장으로 활약했던 이들의 공을 무시할 수 없다며 이번에 연대장으로 임명한 것이다.

1, 2, 3사단 소속의 연대장은 모두 간도군 출신들이 맡았지만, 4, 5, 6사단은 선견대 출신 연대장들이 반 이상을 차지했다. 다만, 현대전 전술에 취약한 이들의 현실을 고려하여 간도군 출신의 참모를 다수 배치해 전

력의 불균형을 보완해 주었다.

"다 모인 것 같으니 시작하세."

추명찬의 지시가 떨어지자 작전 참모가 브리핑을 시작했다.

"여기서 이틀간 휴식을 취한 후, 각 연대는 작전 대기 지점으로 이동을 합니다. 그리고 각 연대 간의 통신 체계 점검 및 부대별 가상 훈련을 하며 총사령부의 명령이 떨어지길 기다려야 합니다. 물론 대기 지점에서 특전대와 접촉, 그간 수집한 작전지역에 대한 정보도 공유하게 될 겁니다. 작전 목표와 진군로는 숙지하신 바대로……."

"됐네. 그건 이미 다 알고 있는 사실이니. 그런데 작전 개시 시점이 열흘 뒤 정도가 될 거라 했나?"

"솔직히 그렇게 특정하기는 어렵습니다. 열흘이란 시점은 '토왜작전'을 맡은 1, 2, 3사단의 계획에 맞춘 것이고, 우리 '정벌작전'에 동원된 4, 5사단은 서로 전선의 상황을 살피며 정밀한 계획을 세워서 실행해야 하기 때문입니다."

"그렇지. 우리 쪽은 워낙 전선이 긴데다 남쪽에서 우리와 보조를 맞출 5사단은 여러 곳을 점령하며 이동해야 하는 실정이니."

"그렇습니다. 하지만 우리 사단의 작전 개시 지점은 사실상 길림이기 때문에……."

"길림이라… 그렇군. 조금 능동적으로 판단해야 한다는 말이지?"

"그렇습니다. 총사령부의 명령이 떨어지면 그때부터 독자적으로 판단해 움직여야 합니다."

이들과 이웃한 5사단은 현재 서남쪽으로 진군하고 있었다. 그들은 몽강에서 출발한 후, 연대마다 각기 다른 경로를 택해 서부로 나아갈 예정이었다. 이렇다 할 만한 적은 없다 해도 이동 거리가 길고 점령해야 할 곳이 많았다.

추명찬의 4사단 병력 중 이곳에 주둔하고 있는 2개 연대 병력은 상대적으로 이동 거리가 길지 않지만, 도중에 길림을 점령해야 하는 과제를 안고 있었다.

화전에서 출발하기로 한 4사단의 나머지 2개 연대에겐 또 다른 작전 목표가 주어졌다.

"흠, 길림, 장춘, 사평, 개원이라……."

도시의 이름을 읊조리는 추명찬의 안색이 조금 어둡게 느껴졌다. 이들 네 개 도시가 4사단의 최종 작전 목표였기 때문이다.

서쪽으로 진군을 시작한 4, 5사단의 움직임은 거침이
없었다.

하지만 남부 전선, 즉 '토왜' 작전을 담당하게 될 1,
2, 3사단과 해병대 병력들은 상당히 조심스런 움직임을
보이고 있었다.

앞으로 벌일 첫 번째 전투의 화두가 '동시 기습'과
'궤멸'이었기 때문이다.

아군 부대가 모든 전선에서 동시에 적을 기습, 궤멸적
피해를 입혀 향후 전투에서 유리한 고지에 올라야 한다.
그러자면 아군의 움직임을 적에게 들키면 안 되었다.

"필승! 그간 안녕하셨습니까, 관찰사님."

"오오, 어서 오시오, 정 장군."

"많이 기다리셨습니까?"

"허허, 왜적을 치러 출정한 우리 군사를 맞이하는 일
이라면 몇 년이라도 기다릴 수 있소이다."

"하하! 그렇습니까?"

늦은 밤, 함경도 통합 관찰사 이범윤은 임시 도청
소재지인 회령 관내를 벗어나 무산령 초입에 나와 있

다가 해병대원을 이끌고 온 정민창 소장을 반가이 맞이했다.

해당 병력이 회령 외곽을 통과할 것이라는 연락을 받자 부리나케 나온 길이었다.

오랜만에 해후한 정민창 소장과 인사를 나누는 중에도 그의 시선은 힐끔힐끔 자신의 곁을 지나치는 병사들을 살폈다.

"그래, 이쪽으로 몇 명이나 출정했소?"

"우리 해병대의 제1연대 병력과 사령부 병력을 합쳐 3,000여 명 정도 됩니다."

"흠, 너무 병력이 적은 거 아니오?"

"하하, 아닙니다. 조금 있으면 하진석 대령이 지휘하는 육군 제2사단의 4연대 병력도 도착할 겁니다. 2개 연대 병력이면 충분하지 않겠습니까?"

"2개 연대라……."

"게다가 관찰사님도 들으셨겠지만, 이번에 각지로 병력을 나눠 보내 적진을 잘게 쪼개놓을 계획입니다. 지금쯤 다들 부지런히 공격 지점으로 향하고 있을 겁니다. 우리 해병대 2연대 병력도 훈춘 근처에 도착했다고 전해왔습니다. 도착 후, 적진을 동시에 타격하면 왜놈들은 정신을 차리지 못할 겁니다. 저 아래에 있는 놈들도 마찬가지고요. 하하!"

"그렇다고 해도 부령과 라남에 주둔하고 있는 적의 위세가 대단하다고 들었소이다."

이범윤은 두 부대가 담당하게 될 적의 규모가 못내 걱정되는 모양이었다. 어쨌든 이들 부대가 상대할 적은 일본군 13사단의 주력이니 말이다.

"걱정하지 마십시오. 우리도 단단히 준비하고 왔으니."

병사들의 행렬이 중간쯤 미치자 후미에 붙어 따라붙은 여러 보급 차량의 소음과 더불어 처음 들어보는, 신경을 거슬리게 하는 소리가 섞여 들리기 시작했다.

크르르르!

"어? 이게 무슨 소리요?"

차량들이 더 가까이 다가오자 천지를 울리는 굉음과 더불어 눈이 부실 정도로 밝은 전조등으로 인해 그놈의 형체도 알아보기 힘들었다. 이범윤은 잠깐이나마 등골이 오싹하는 기분을 느꼈다.

"아니! 이, 이게… 다, 뭐요?"

"자주포라고 합니다."

이미 간도의 온갖 기물을 다 접해본 이범윤도 자주포의 위용엔 움찔할 수밖에 없었다.

"스스로 움직이는… 포? 저, 정말… 그렇구려."

"겨우 열두 문 있는 것 중에 우리 해병대에 네 문이나 배정해 주었지 뭡니까. 하하!"

"열두 문이라… 그게 적은 거요?"

"그렇습니다. 하지만 위력은 무척 뛰어납니다. 이번에 아마 저놈들이 큰 활약을 해줄 겁니다."

"흠, 보기만 해도 무시무시합니다그려."

"며칠 뒤, 전투가 시작되면 한 번 와보십시오. 장관일 겁니다."

"음, 알았소이다. 내 반드시 그리하겠소."

정민창은 뿌듯한 시선으로 K—9 자주포를 바라보았다. 저놈들을 인계 받느라고 병력을 보내 몇 달 동안 훈련과 교육을 받아야 했다.

파견된 병사들은 GPS가 작동하지 않는 환경이다 보니 독도법을 익히고 관측이나 좌표, 거리, 사각 등의 계산법을 익히는 훈련을 하느라 머리가 터질 지경이었다.

그뿐이랴, 운용 방식과 정비 교육도 지속적으로 받아

야 했다.

병사와 장비들이 모두 도착하자 정민창 해병여단장은 문규민 1연대장과 더불어 군영을 구축하고 병사들에게 휴식을 취하도록 명령했다.

이제 본격적인 전투를 앞두고 해병대원들은 무산령의 턱밑에 임시 주둔지를 만들기 시작했다.

＊　　　＊　　　＊

민우 일행은 거리로 나와 일본군 행렬을 지켜보고 있었다. 일본군 특유의 카키색 군복 차림에 소총을 어깨에 멘 병사들이 계속 줄을 지어 한성으로 들어오고 있었다.

"음, 벌써 2개 대대 병력쯤 들어왔나?"

그 말을 하는 민우의 얼굴은 살짝 굳어 있었다. 그 곁에서 정재관은 분노한 눈으로 일본군을 쏘아보고 있고, 최란 또한 입술을 깨문 채 어두운 표정으로 행렬을 지켜보고 있었다.

"올라오는 길에 경상도와 전라도에 각기 1개 연대씩을 증원군으로 보냈다고 하니, 한성에 들어오는 건 1개 여단 규모겠군."

정재관은 고개를 끄덕이더니 결기 어린 음성으로 내뱉듯 말을 했다.

"형님, 이제 때가 된 것 같소. 우리 일도 이제 얼마 안 남은 거 아니오?"

"그렇지. 물론 그전에 13도 의군이 먼저 움직이겠지만······."

일본군의 증원이 둘로 나뉘어 부산항과 인천항에 도착해 한성으로 향하고 있다는 보고를 받은 게 며칠 전이었다. 민우는 보고를 종합한 후, 적 증원군의 규모를 1개 사단이라 추정했다. 민우는 13도 의군에 이 소식을 즉시 전달하고, 준비된 작전 계획을 실행하자고 제안했다.

"오라버니, 저들이 먼저 일을 벌이면 큰 낭패가 아니겠어요?"

"걱정 마. 그럴 일은 없을 테니까."

"왜요?"

"먼저 13도 의군이 움직이면, 저들도 계략을 바로 실행하진 못할 거야. 또다시 공문서를 날리니, 폐하를 설득하니 뭐니 하며 며칠을 보내겠지."

"형님, 이러고 있을 때가 아니오. 빨리 돌아가서 간도에서 온 군관들과 거사 준비를 해야 하지 않겠소?"

"아우, 너무 서두르지 말게나. 우리도 저놈들의 배치 상태를 봐가며 움직여야 하니까. 늘 정보 수집이 우선이란 사실을 잊으면 안 되네."

"음, 알겠소."

민우는 다시 일본군의 행렬에 시선을 주었다. 그의 눈빛이 점차 붉게 타오르고 있었다.

대규모의 일본군 병력이 증원군으로 한성에 입성했단 소문이 퍼지자 유림이 중심이 된 의병 집단 중 벌써 동요하는 세력이 생겨나기 시작했다. 실제로 명분 때문에 마지못해 참여했던 지역 양반가나 유지들 중 일부가 일본군의 본격적인 군사작전이 시작되자 가장 먼저 이탈했다는 실제 기록도 있었다. 이제 작전이 시작되면 의군 진영에도 알맹이만 남게 될 터였다.

일제의 한국 통감부와 한국 주차군 사령부는 증원군의 도착에 맞춰 연일 기밀 회의를 열고 있었다.

"일단 지금까지 논의해 온 계획을 정리해 드리겠습니다. 먼저 병력을 경원가도로 보내 1차 토벌 작전을 벌일 겁니다. 13사단 및 15사단과 연결되는 병참선을 다시 잇는 게 우선 과제인지라, 여기엔 2개 대대 병력이 투입될 예정입니다."

한성의 남산 자락에 자리한 주차군 사령부에서 열린 회의였다. 이 자리엔 일본 육군 제6사단장인 니시지마 스게요시[西島助義] 중장도 참모들을 이끌고 참여했다.

역사가 원래대로 흘러갔다면 6사단은 1908년 가을에나 들어오게 된다. 15사단은 1907년에 먼저 철군하고, 남아 있던 13사단과 교대하기 위해 6사단이 한국에 주둔하게 되는 것이다. 하지만 역사의 흐름이 뒤틀려 6사단이 2년이나 일찍 증원군으로 한국에 들어오게 되었다.

6사단 병력은 현재 일본군 기지로 한창 조성 중인 용산에 임시로 병영을 꾸렸다. 1908년에야 한국 주차군 사령부가 용산으로 이전하게 되지만, 이미 용산 일대는 일본군이 토지를 점유하고 한창 군 시설을 건설하고 있었다.

주차군 사령부 참모의 브리핑이 끝나자 니시지마 6사단장은 조심스레 발언권을 얻었다. 군 선배인 하세가와 사령관과 이토 통감까지 자리하고 있는지라, 그도 눈치를 볼 수밖에 없었다.

"저… 제가 아직 한국의 상황에 대해 잘 몰라 질문드립니다만, 경원가도에 2개 대대나 보내야 할 정도로 폭도의 세력이 강합니까? 이미 주차군도 주둔하고 있지 않습니까? 아무리 무장을 잘 갖췄다 해도 오합지졸이고, 중화기도 없는……."

"니시지마 사단장!"

"네?"

하세가와가 그의 말을 자르고 들어왔다. 얼굴이 굳어 있는 걸 보니 조금 노한 모양이었다.

"그런 사고방식을 버리지 못한다면 6사단은 앞으로 대패를 면치 못할 거요."

"헉! 그게 무슨 말씀이신지……."

"우리가 공식적으로 저들을 폭도라 칭하니 어중이떠중이들이 모인 집단으로 아는 모양인데, 솔직히 저들은 정규군이오. 직업군인으로 수년간 훈련을 받은 군인 집단이다, 이 말이오."

"그렇습니까?"

"게다가 현지 지형을 손바닥 들여다보듯 꿰고, 유격

전에 능한 집단이란 말이오. 그러니 지금부터라도 그런 생각은 당장 버려주시오."

"아, 알겠습니다."

"그리고… 기분 나쁜 소리로 들리겠지만, 겨우 2개 대대 정도로 경원가도상에 퍼져 있는 적을 토벌할 수 있을 것이라고는 기대도 하지 않고 있소."

하세가와의 냉정한 지적에 니시지마의 얼굴은 대번에 붉어졌다. 자존심이 상한 것이다.

"우리에게 제일 중요한 건 시위대의 해산을 무사히 마무리 짓는 것이오. 그쪽으로 병력을 보내는 건 저들이 한성 쪽으로 진격해 시위대와 호응하는 일이 발생하지 않도록 하기 위한 것이오. 아시겠소?"

"각하, 그럼 결국 방어가 목적이란 말입니까?"

"그렇소. 하지만 병사들이 용감히 싸워 토벌에 성공한다면 더할 나위 없이 좋은 일이오만……."

"음……."

니시지마의 얼굴은 더욱 붉어졌다. 방어적으로 작전에 임하라는 말인지, 아니면 공격적으로 접근하라는 것인지 종잡기 어려웠다. 하지만 별거 아닌 것 같은 적—상당수가 정규군 출신이었다 해도 어쨌든 자신의 부대에 비해 화력도 떨어지고 일부 무지렁이 농민들도 합류해 있는—을 그의 부대가 이기지 못할 것이란 얘기는 분명 굴욕적으로 느껴질 수밖에 없었다.

그의 표정을 일별한 이토는 얼굴에 웃음을 머금었다.

"니시지마 사단장, 너무 치욕스럽게 생각하지 마시오. 우리 대일본 제국의 군부 인사들 중 하세가와 사령관만큼 한국의 사태를 냉철하게 바라보고 있는 분은 없을 것이오. 수많은 경험에서 나온 얘기니 귀담아들으셔야 하오."

"예, 알겠습니다. 통감 각하."

"시위대 해산 작업이 끝나면 6사단은 산악 지대로 스며 들어간 군 출신 폭도들을 토벌하고 주차군과 헌병대는 민간인 폭도들을 처리하기로 했으니, 그 일도 잘 수행해 주시길 바라오."

언제나 그렇듯 점잔 떠는 특유의 말투로 이토가 회의를 마무리 지었다.

하세가와는 한숨을 깊게 내쉬었다. 앞으로 벌여야 할 일들을 생각하면 잠도 오지 않을 정도였다. 시위대 해산이 성공한다 해도 전국에 퍼져 있는 13도 의군의 토벌에 성공할 수 있을지 의문이었다. 또 민간인 출신의 의병들도 계속 뒤통수를 간질이고 있고, 간도의 폭도들은 그 규모조차 제대로 파악하지 못하고 있었다.

13도 의군의 세력권이나 그곳에 인접한 지방의 헌병대를 모두 철수시킨 후, 큰 도시로 불러 모아 토벌대로 재조직하고 있지만, 헌병대의 무력은 그리 미덥지 않았다. 또 워낙 많은 의병 집단이 전국에 퍼져 있는지라 앞으로 얼마나 많은 희생을 감내해야 할지 알 수 없는 일이었다.

한편, 민우의 안가에도 거사를 앞두고 시위대 군부 인사들이 모여들었다. 박승환과 이민화 참령이 그간 포섭한 장교들을 데리고 온 것이다.

"흠, 그러니까 3대대장 조중만(趙重萬) 참령은 중립적 인사라 할 수 있겠군요."

"그렇소. 아직 그의 속을 모르겠소. 그래서 섣불리 접근했다가 계획이 탄로날까 두려워 아예 접촉을 하지 않았소."

박승환 참령은 민우로부터 받아 든 시위대의 인사 목록을 훑어보며 민우의 물음에 답했다. 이민화 참령 또한 신중한 태도로 문서를 살펴보고 있었다.

조중만에 대한 박승환 참령의 판단은 민우가 보기에도 타당하게 보였다. 민우도 조중만 참령이 작년 10월에 시위대 3대대장에 임명되었다는 사실만 알았지, 그가 이후 친일 행각을 했는지 독립운동을 했는지 잘 알 수가 없었다. 그만큼 그에 대한 기록이 없던 것이다.

　"군부대신 이근택과 시종 무관장 서리였던 조동윤, 군부협판 이희두 외에 몇몇 중대장과 소대장이 확실한 친일 매국노라 할 수 있겠군요."

　"그렇소."

　이근택은 삼척동자라도 알 수 있는 을사오적의 일원이고, 군부협판—차관에 해당—이희두(李熙斗) 또한 유명한 친일파 군부 인사였다. 그는 1907년 일진회에 가입하기도 했다.

　조동윤(趙東潤) 또한 일진회에 가입했고, 한일 병합을 추진하는 데 큰 도움을 준 공로를 일제 측으로부터 인정받아 남작의 작위를 받기도 한, 매우 악질적인 친일 매국노 군부 인사였다.

　"이 외에도 많소. 그놈들은 지방 관리로 가 있어서 살생부에서 빠진 게지, 한성에 있었다면 당장 때려죽여도 시원치 않을 놈들이외다."

이민화는 이를 뿌드득 갈며 말을 이어갔다.

"참장 한진창(韓鎭昌)이나 이병무(李秉武)도 후일 반드시 잡아 죽여야 하오. 썩을 놈들."

이병무는 정미칠적과 경술국적에 모두 이름을 올릴 정도로 매우 악질적인 친일 매국노였다. 그는 일본 육군사관학교에서 수학하며 서서히 친일파 행각을 보이기 시작했다. 그 와중에 일본에 망명 중인 매국노들과 교류하다 징계를 받은 적도 있었다.

그리고 1907년 헤이그 특사 사건을 빌미로 이완용과 송병준이 고종 황제의 퇴위를 강요하기 시작했는데, 황제가 끝내 양위하지 않자 이병무는 황제를 알현한 자리에서 칼을 뽑아 자기 목을 찌르려 하면서 폐하는 지금이 어떤 세상인 줄 아시냐고 물으며 협박했다고 알려졌다.

결국 그 일로 고종 황제는 황태자에게 황위를 양위하게 되었으니, 고종 황제 퇴위의 가장 큰 공신이었던 셈이다. 이후, 시위대 해산과 의병 탄압을 주도하기도 했다. 어찌 보면 을사오적보다 더 죄질이 나쁜 자였다.

그런 그가 지금은 육군 참장에 진위대 검열사란 직책을 맡고 있었다.

한진창 또한 순수한 군부 인사 중에 친일 매국노로 이미 이름이 높은 인물이었다. 바로 내년 이맘때 쯤, 이병무와 한진창이 일제 측의 사주를 받아 시위대의 해산을 주도하게 될 터였다.

박승환에 비해 젊어서 그런지, 이민화는 거친 언사를 내뱉고 있었다.

"이 명단에 있는 위관급 장교들은 다 확인이 된 겁니까?"

"그렇소. 대부분 소문난 매국노 집안의 자식들이오. 놈들의 아비가 강요해서 그런 짓을 했을 수도 있소. 하지만 국록을 먹는 놈들이 나라를 배신한 것은 어떤 핑계를 대더라도 용서 받을 수 없는 일이오."

"네, 알겠습니다."

민우는 고개를 끄덕이더니 문서를 방바닥에 내려놓더니 탁! 소리가 나게 손바닥으로 내려쳤다.

"하지만 이번에 이근택은 살려두었으면 합니다. 이런 놈을 총알 한 방으로 깔끔하게 죽이는 건 너무 관대한 처사입니다. 후일 죽는 게 더 낫다는 생각이 들 정도로 죄에 대한 대가를 혹독하게 치르게 하다 죽여야죠. 또한 백성들에게도 보여줘야 합니다. 이런 놈들의 처참한 말로를 말이죠."

"흠, 이런 좋은 기회에 한 놈이라도 더 죽여야 하는 게 맞지만, 고 국장의 뜻도 타당하다는 생각이 드오."

민우의 발언에 간도군 출신의 경정민이나 정종한, 진아람 대령 등은 즉시 반응하며 고개를 끄덕거렸지만, 시위대 간부들은 조금 시간이 걸려서야 납득하는 눈치였다.

"1차로 참여할 병사들의 수가 500여 명이라… 이 숫자는 어떻게 해서 나온 겁니까?"

"우리 두 대대에서 뽑은 병사들의 수요. 우리 부하들 중에서 골라 뽑은 이들이니 믿을 만하오. 오랫동안 같은 군문에 있어 부하들의 성향은 충분히 파악하고 있었소. 물론 아직까지 아무런 접촉도 하지 않았소. 거사 당일에야 알게 될 거요."

박승환과 이민화 참령이 맡고 있는 1연대 1대대와 2대대 인원 중 각기 반 정도를 뽑은 수였다. 물론 이 자리에 다른 부대의 장교들도 와 있고, 또 그들도 이번 봉기에 참여하기로 했다. 하지만 우선 이 두 개 부대가 선봉을 맡고, 이후에 다른 부대에서 호응하기로 했다.

"더 늘어날 가능성은 없습니까?"

"훨씬 많을 거요. 일단 일이 시작되면 전체 시위대의 최소 반수 정도는 호응하리라 생각하고 있소."

"음, 생각보다 많군요."

"물론이오. 일부 대대장과 중간 간부 놈들이 변절을 했다 해도 시위대 병사들의 충심은 충분히 믿을 만하오."

민우는 이민화 참령의 말에 적극 동감한다는 뜻을 표했다. 그날, 얼마나 많은 시위대 병사들이 참여했으며, 얼마나 치열하게 싸웠는지 역사를 통해 잘 알고 있기 때문이었다.

"그럼 그들의 가족 문제는 어떻게 처리할 생각이십니까?"

"왜놈들이 거사 이후 즉시 가족들을 찾아 나서서 괴롭히진 못할 거요. 사태를 수습하느라 정신없을 테니까. 해서 거사에 참가한 병사들의 명단과 주소를 그날 즉시 작성해 드릴 테니, 고 국장이 조직을 동원해 가족들을 간도로 이끌어주시오."

"알겠습니다. 일의 내막을 알려 드리고 빨리 간도로 떠나도록 권유하겠습니다. 이거, 거의 야반도주하는 수준이겠는데요?"

"허허, 할 수 없지요. 뭐, 간도로 가면 가족들 생계 걱정은 하지 않아도 되겠지요?"

"물론입니다."

"그런데 간도의 다른 군관들은 어디 계시오?"

"그분들은 모처에서 집중적으로 훈련을 하고 있습니다. 그날의 일에 대비해서요."

이번에 준비된 두 개의 특수전 중 하나가 바로 한성에서 진행될 예정이었다. 그래서 간도에서 특전대 세 개 팀이 이번에 더 넘어왔다. 이들은 이번 작전을 위해 여러 가지 상황을 가정하고 열심히 훈련하고 있었다.

*　　　　*　　　　*

장작림(장쬐린, 張作霖)의 고향은 봉천에서 서남 방향으로 약 100㎞ 떨어진 곳에 자리한 해성(海城)이란 마을이다. 그는 이 지역을 기반으로 세력을 키워왔다. 러일전쟁 외중에 이쪽저쪽에서 지원을 받아 세 개 부대를 거느리는 대마적 집단의 수장이 되었고, 신임 성경장군 조이손의 지원으로 두 개 부대를 더 늘려 벌써 다섯 개 부대를 거느리게 되었다.

여기까지는 역사의 흐름과 동일했지만, 일본이란 변수가 다시 끼어들었다. 간도군을 견제할 목적으로 일본군이 장작림에게 무기와 자금을 대폭 지원하게 되자 다시 두 개의 부대를 더 무장시킬 수 있었다.

일곱 개의 마보 대대, 총 3,500여 명을 거느린 만주 지방의 최대 군벌 집단―이미 마적단 규모를 넘어 군벌이라 칭해야 하는 집단―으로 성장하게 된 것이다. 실제 장작림의 부대는 1909년에야 이 정도 규모로 성장하게 된다. 한마디로 그는 달라진 현실의 최대 수혜자가 된 셈이었다.

"장 대장, 이제 슬슬 두립삼을 도모할 때가 되지 않았소?"

성경장군 조이손(趙爾巽)은 기대감이 한껏 서린 눈으로 장작림을 바라보았다. 장작림에게는 확실히 사람을 끄는 매력이 있었다. 마적 출신답지 않게 예의 바른 면도 있고, 두뇌도 매우 총명했다.

"네, 장군. 저도 이제 때가 되었다 생각했소이다."

두립삼(杜立三)은 장작림과 더불어 만주 마적 세력의 양대 산맥이었다. 또 하나의 유명한 마적, 전옥본(田玉本)은 얼마 전 장작림이 해치운 상태였다.

"이번엔 부디 성공시켜 주시오. 그래야 내가 황제 폐하께 낯이 서지 않겠소?"

조이손은 몇 번이나 관군을 동원해 두립삼 토벌을 시도했다. 하지만 번번이 실패하자 이처럼 장작림을 적극 밀어주게 된 것이다. 두립삼의 본거지는 요중현(遼中縣)—봉천 서남 방향 약 50㎞에 위치한—이었다.

그는 이 지역에서 왕이나 마찬가지였다. 본거지는 단단한 성곽으로 둘러싸여 있고, 본거지까지 가려면 수많은 경계초소를 지나야 했다. 부하들도 어찌나 흉포한지, 청국 관군들은 아예 이 집단을 피해 다녔다고 할 정도였다.

장작림과 두립삼 등의 본거지가 대부분 봉천 이남 및 이서 지역임을 볼 때, 마적의 활동이 가장 활발했던 곳은 역시 요령성 서부와 남부 지역이고, 아울러 이곳이 한족의 밀집 지역임을 알 수 있다.

"대인, 반드시 성공하겠다 장담할 수는 없습니다만, 최선을 다해보겠소이다."

"고맙소."

조이손에게 장작림은 무척이나 고마운 존재였다. 지금까지 크고 작은 마적 집단을 토벌해 줘 중앙정부로부터 공치사도 꽤 자주 들었으니 말이다.

"참으로 갈 길이 멀구려. 두립삼을 토벌한다 해도 간도의 조선 도적놈들과 내몽고의 마적들까지 토벌해야 하니……."

"대인, 간도의 조선군은 무척 강성한데다 그 수도 무시못할 정도라 들었습니다. 우리 힘으로 처리할 수 있겠습니까?"

"휴, 힘들겠지요. 그저 저들이 동부 산악 지대를 넘어 요동벌로 들어오지만 않았으면 좋겠소. 한심한 얘기지만."

"음, 그러지는 못할 겁니다. 여기엔 일본군도 있으니."

"글쎄요. 그 일본군도 많이 당했다 들었소."

"허, 그런 일이 있었습니까?"

장작림의 물음에 조이손은 상념을 털어내기라도 하듯 머리를 흔들어 댔다.

"일단 눈앞의 과제가 우선이오. 치안 문제를 해결해야 이 땅을 개발할 수 있는 거요. 또 그래야 병사를 모을 수 있는 여력도 생기는 거고."

"대인의 말씀대로 갈 길이 멀군요."

장작림의 눈이 반짝였다. 지금 조이손에게 겸양하는 태도를 보이며 고개를 숙이고 있지만, 그의 속엔 불보다 뜨거운 야심이 불타고 있었다. 지금은 겉으로야 조이손의 수족처럼 움직이고 있지만, 그의 입장에서 보면 조이손이야말로 윷판의 말에 불과한 존재였다.

장작림은 만주에 들어와 있는 일본군이든 청국의 관군이든, 누구 편이라도 될 수 있었다. 지금은 다행히 두 집단 모두 자신을 밀어주고 있으니 그들의 바람대로 움직여 줄 뿐이었다.

솔직히 두립삼이나 간도군의 존재도 나쁜 일은 아니었다. 적당한 적이 있어야 더 많은 지원을 받고 세력도 키울 수 있기 때문이다.

＊　　　　＊　　　　＊

그 시각, 서영계는 두립삼을 만나고 있었다.

서영계는 간도의 방침에 따라 통화에서 벗어나 압록강 서쪽의 요동반도 남부 지역으로 근거지를 옮겼다. 여러 번 상행을 다니며 연고가 생긴 상황이라 어렵지도 않은 일이었다. 벌써 그는 1,000여 명의 부하를 거느렸고,

외형을 마적단이 아닌 상단으로 포장해 토호나 주민들의 경계심을 자극하지 않았다.

서영계는 요동반도 남단에서 온 상단의 대표자라고 자신을 소개했다.

두립삼은 무척 거만한 태도로 그를 맞이했다. 그를 만나기 위해 서영계가 뿌린 뇌물도 상당했다.

"그렇소? 그런데 상단치고 병력의 규모가 무척 크구려."

서영계가 호위 차 끌고 온 병력은 100명도 채 되지 않았지만, 상인치고 그 수가 많았던지라 그 점이 인상적이었던 모양이다. 물론 모든 병력을 끌고 왔으면 당장 두립삼은 이들과 전투를 벌였을 것이다. 아무도 믿지 못하는 만주 땅에서 그런 행위는 곧 선전포고나 다름없기 때문이다.

당장 서영계를 죽이고 100명의 병력을 꿀꺽해도 되지만, 두립삼의 입장에서 관심을 가질 만한 규모는 아니었다.

"허허, 두 대인께서도 잘 아시지 않습니까? 병력이 없으면 상행을 다니지 못하는 걸. 그래서 자위 차원에서 돈이 벌리는 대로 병력을 충원했습죠."

"그래, 여긴 무슨 일로 왔소?"

두립삼은 권총 두 자루를 탁자에 내려놓더니 조심스레 손질하기 시작했다. 일종의 시위였다. 손님을 맞이할 때면 으레 습관적으로 하는 행위. 쌍권총의 달인이란 소릴 들을 정도로 그의 사격 실력은 대단했다. 특히 말을 타고 쏘는 권총 실력이 탁월해 항간에선 그를 '마상황제'라 칭하기도 했다. 때문에 그의 행위는 이러한 대외적 명성을 다시 상기시키는 효과가 있었다.

서영계는 은궤가 든 상자를 내놓더니 대놓고 아부를 떨었다.

"제가 계속 상행을 하려면 대인의 보살핌이 필요할 것 같아 이리 찾아왔습니다."

두립삼은 서영계가 내민 상자를 열어보고는 만족스런 미소를 지었다.

"허허! 뭘 이렇게까지. 하여간 고맙소."

서영계는 그가 호의적인 반응을 보이자 앞으로도 상행을 다니며 얻은 이익금의 일부를 세금조로 내놓겠다는 말도 덧붙였다.

"그런데 대인, 제가 봉천으로 상행을 다니다 거래하는 이로부터 아주 안 좋은 얘기를 들었습니다."

"안 좋은 얘기?"

"조이손 성경장군이 장작림을 시켜 곧 대인을 칠 거란 얘기가……."

"뭐라!"

두립삼은 분노했는지 자리에서 벌떡 일어났다.

"장작림, 그놈이 일을 벌인다고? 쥐새끼마냥 간에 붙었다 쓸개에 붙었다 하더니, 이제 감히 내게 덤비겠다고!"

"대인, 잠시 고정하시고… 제가 알아본 바, 장작림은 자신의 세력이 깎여 나가는 걸 무척 싫어한다고 합니다. 분명 정면 대결보다 어떤 음모를 꾸밀 겁니다. 그러니 음모에 걸리지 않도록 조심하시란 뜻으로 이 얘기를 전해 드리는 겁니다."

이는 사실 간도 측에서 귀띔해 준 얘기였다. 역사적으로 보면 앞으로 두립삼은 장작림의 교묘한 덫에 걸려 허무하게 당할 터였다. 물론 그 시기는 약 일 년 뒤인 1907년, 서세창이란 인물이 동삼성 총독으로 부임한 후에 벌어질 일이었다.

이때, 장작림은 두립삼이 봉천성의 높은 자리를 맡게 되었으니 서세창 총독에게 가서 감사의 인사를 드리라고

축하 서신을 보낸다. 두립삼은 처음에 응하지 않았다. 하지만 장작림이 두반림이라는 그의 양아버지를 꾀어내 그로 하여금 서신을 보내게 하자 두립삼은 열세 명의 부하만 대동한 채 움직였고, 결국 장작림의 계책에 빠져 살해당하고 만다. 그리고 이 사건으로 인해 장작림은 동북 지역 최대의 군벌로 성장하게 되는 것이다.

제2장

음모

일본은 작년 말, 청일조약이 체결된 이후 서둘러 대륙 경영 체제를 확립하기 시작했다. 관동 도독부를 출범시킨 게 올해 2월―실제로는 1906년 8월에 설치―이었다. 또 남만주 철도 주식회사도 올봄―원 역사로는 1906년 11월―에 설립했고, 봉천 총영사관은 6월에 설치했다.

일본의 빨라진 행보는 순전히 간도 때문이었다. 힘들게 얻은 만주의 이권을 지키는 것도 중요한 일이지만, 간도의 한국 세력을 토벌하는 게 더 시급한 문제로 떠올랐기 때문이다.

만주에 들어와 있는 일본군의 무력은 1개 사단 규모의 만철 수비대—관동군의 전신—였다. 일본 측은 서구 제국의 예를 따라 남만주 철도를 수비한다는 명목을 내걸고 철도 노선을 따라 병력을 배치하였다.

그것만 보아도 서양 제국들이 왜 그리 집요하게 식민 대상국에게 철도 부설권을 따내려 하는지 알 수 있는 대목이었다. 통상 철도 부설권을 얻게 되면 철도 노선이 지나는 땅과 그 부속지, 즉 역이 들어서는 곳 등의 토지가 그들의 소유가 된다. 한마디로 선형의 영토가 식민지에 생기는 셈이다. 또한 자연스레 철도 수비란 명목 하에 군사도 배치할 수 있었다.

지금 만주 지역의 경우, 하얼빈에서 수분하에 이르는 동청 철도 노선이 러시아의 소유였고, 장춘에서 대련에 이르는 남만주 철도 노선은 일본의 소유—전쟁 결과 러시아로부터 넘겨받은 것—였다. 결국 만주에 가로와 세로줄 모양의 외국 영토가 생긴 셈이다.

"그니까, 이번 작전을 통해 우리가 동청 철도와 남만주 철도 안짝의 세모꼴 땅을 모두 차지하자는 얘기지. 알긋냐?"

특전대 정용후 팀장은 어느 언덕배기의 숲 속에서 지

도를 보며 부하들과 잠시 한담을 나누는 중이었다.

"그런데 말입니다, 왜 장춘에서 하얼빈 사이를 일본 놈들이 비워둔 겁니까?"

이제 어엿한 장교가 된 김환경 대위가 알 수 없다는 듯 머리를 갸우뚱거리며 물어왔다.

"러시아와 일본군 사이에 설정해 놓은 중립지대 같은 거라 보면 될 거다. 그래서 장춘이 일본군의 북방 한계 지역이라나 뭐라나 그러더라고."

"그럼 우리가 거기까지 다 뺏어버리면 되지 않겠습니까? 장춘에서 하얼빈까지 싹!"

김환경은 팔을 휙 휘두르더니 손가락을 쓱 말아 쥐었다. 정용후는 기가 막히는지 김환경의 머리에 알밤을 선사했다.

"아야! 너무하십니다. 저도 이제 나름 대위지 말입니다."

"어라? 너도 장교라 그거냐? 그럼 대위가 대령한테 엉겨도 되냐?"

"그건… 아니지 말입니다."

"장교가 됐으면 장교답게 머리 좀 굴려봐라. 우리가 그렇게 나오면 러시아랑 한판 뜨겠다는 것밖에 더 되냐?

게다가 하얼빈은 러시아 놈들의 조차지라고."

"아, 일이 그렇게 되나?"

"어휴, 내가 미쳐! 너 빨리 장교 교육 들어가야겠다. 육군들은 틈만 나면 교육시킨다고 하는데 우리 특전대는 원체 바빠 시간이 없으니.."

"충성! 다녀왔습니다, 팀장님."

"어, 수고했다. 일은 잘 처리했냐?"

팀원 중 한 명이 다가오자 정 팀장은 당장 다녀온 일부터 물었다.

"네, 그렇습니다. 마적 애들 몇 명 데리고 다녔더니, 효과가 아주 만빵이었습니다."

정말로 팀원들의 뒤에는 마적 10여 명이 건들거리며 서 있었다. 서영계가 빌려준 그의 부하들이었다. 물론 길림성 내로 같이 동행한 팀원들도 마적들의 차림새와 똑같았다.

"관군 애들 동향은 어떻고?"

"지난번에 우리한테 옴팡 깨져서 그런지, 벌써 철수 준비를 하는 모양입니다. 뭐, 남아서 발악한다 해도 몇 명 되지도 않는 거, 신경 쓸 일도 없을 겁니다."

길림부의 청국 관병들은 지난 가을 간도군에게 당한

이후 충원이 이뤄지지 않은 모양이었다.

"그럼 준비는 끝난 셈이군."

"그렇습니다. 바로 4사단 사령부에 이 내용을 보고하고 시간을 잡으면 될 것 같습니다."

"그래, 알았다."

팀원들과 마적 몇 명이 길림성 내로 들어가 벌인 일은 바로 공포감을 조성하는 일이었다. 간도의 대군이 지난가을에 침략당한 것에 앙심을 품고 복수전을 벌이려 이미 진지를 출발했다고 소문을 낸 것이다.

서영계의 부하들이 액목 근처를 지나다 자신의 눈으로 직접 보았다고 호들갑을 떨어 대자 소문은 금세 퍼져 나갔다. 아울러 한어와 만주어로 '작년의 침입 때, 연루된 자와 그의 가족들은 간도로 와서 벌을 청하라. 그러지 않고 포로로 잡히면 그 죄를 더 엄하게 묻겠다. 또 전투 와중에 다칠 수 있으니 이 일에 관련 없는 주민들은 가급적 도시를 떠나길 바란다'는 내용의 방문을 작성하여 성내 여러 곳에 야음을 틈타 붙여두기도 했다.

"그런데 길림을 우리가 쳐도 괜찮겠습니까? 러시아 놈들이 뭐라 하지 않겠습니까?"

"후후, 괜찮을 거야. 길림하고 하얼빈은 한참 떨어

있으니. 그런데… 나만 그런가? 지도만 보면 기분이 좋아지는 거 말이야."

정용후는 지도를 가리키며 웃는 낯으로 말했다.

＊　　　＊　　　＊

비록 여름날이라 해도 이른 아침 햇살은 싱그럽기만 하다. 더구나 간밤에 큰비가 왔기에 하늘은 더없이 맑고, 산소를 내뿜기 시작한 나무들로 인해 숲의 공기는 청량했다. 여러모로 기분 좋은 아침이다.

13도 의군 묘향산 지구대의 박명환 대령과 대대장 노희태 참령은 모든 병력을 이끌고 영변 지역을 벗어나 희천으로 왔다. 희천은 이미 13도 의군이 완전히 장악한 도시라 병영도 마련되어 있었다.

병영 문 앞에서 박명환은 북쪽의 강계로 이어지는 길을 연신 살폈다.

"오! 오는군요. 간도군이 오고 있습니다."

박명환의 망원경에 간도군의 모습이 들어온 모양이었다. 그의 얘기에 노희태를 비롯한 13도 의군 장교들은 옷매무새를 어루만지더니 자세를 바로 했다.

이윽고 간도진위대 제3사단장 송상철 소장을 필두로 사단 사령부와 제3연대 병력이 그들 앞에 모습을 드러 냈다. 도합 3,000여 명에 이르는 병력이었다.

간도군 병력들이 병영으로 들어오자 노희태 참령은 송 상철 사단장에게 힘차게 군례를 올렸다. 송상철이 인사 를 받자 13도 의군 병사들은 뜨겁게 이들을 환영해 주 었다.

"와아아아!"

"만세! 만세! 대한제국 만세!"

"간도군 만세!"

말로만 듣던 간도진위대 병력이었다. 일본군을 혼쭐내 고 그 드넓은 간도를 차지한 간도군은 이들에게 선망의 대상이었다.

서로 간단한 환영 행사를 마친 두 부대는 스스럼없이 어울렸다.

"와! 군복이 아주 특이하오!"

"거, 어깨에 멘 긴 통은 뭐요?"

"근데 바가지는 왜 머리에 썼소?"

묘향산 지구대 병사들은 간도군들이 모두 똑같은 군복 을 입은 데다 생전 처음 보는 군 장비를 들고 온 것에 대해 매우 신기해했다. 또한 얘기를 나눠본 결과, 모두 자신들과 비슷한 처지임을 알아챘다. 간도군 병사의 대부분이 평안도와 함경도 출신들이었으니, 당연한 일이었다. 심지어 같은 고향 출신의 친구를 만난 이도 있었다.

지휘소로 쓰는 군막에서도 이와 비슷한 이야기들이 오고 갔다.

"그럼 13도 의군 제2연대 2대대, 묘향산 지구대의 간부들을 소개시켜 드리겠습니다."

박명환 대령은 송상철과 제3연대장 강환일 대령 등 간도군 장교들에게 간부들을 차례로 소개하기 시작했다.

"…그리고 3중대장 권중협 정위입니다."

그 말에 권중협(權重協)은 벌떡 일어나 인사를 했다.

송상철은 권중협이란 이름이 들리자 눈에 띄게 표정이 변했다. 권중협은 1907년 시위대의 해산으로 야기된 봉기에서 중대장으로서 전투를 지휘했고, 결국 그날 장렬히 전사한 인물이었다.

하지만 시위대 보직을 받기 전, 즉 현재 시점에서 진위대에 근무하고 있었고 계급은 부위였다. 그가 이번에 13도 의군에 참여하자 의군 사령부는 계급을 올리고 중대장에 임명한 상태였다.

"혹시 진위대 간부 출신입니까?"

"그렇습니다, 장군."

"역시… 반갑습니다, 권 정위님."

송상철은 사관학교 생도 시절 때 배운 역사 속 인물을 만나게 되자 벌써부터 가슴이 설레기 시작했다. 물론 이후 소개될 사람에 비하면 이 정도는 아무것도 아니었다.

"그리고… 5중대장 안중근 부위입니다."

박명환은 조금 뜸을 들였다. 간도군 간부들에게 마음의 준비를 할 시간을 벌어주기 위함이었다. 아닌 게 아니라 이들은 군막에 처음 들어온 순간부터 그에게 뜨거운 눈빛을 보내고 있었다.

안중근이 일어나 인사를 하자 사람들이 눈에 띄게 술렁였다. 그렇게 교육을 시켰는데도 이 모양이다. 안중근은 주변의 분위기가 이상했는지 간도군 간부들의 표정을 조심스레 살폈다.

"하하! 만나서 반갑습니다, 안중근 부위. 그간 매우 뛰어난 활약을 했다고 전해 들었습니다."

송상철이 먼저 선수를 치고 나왔다. 이 이상야릇한 분위기를 타파하기 위해 먼저 나서서 분위기를 풀어 나가

려는 것이었다.

"아, 아닙니다. 간도에 소문날 정도로 활약했다고
는……."

당황한 안중근이 말을 맺기도 전에 송상철은 활짝 웃
으며 대답 대신 손을 덥석 잡았다.

"앞으로 활약… 기대하겠습니다. 하하하!"

박명환은 빙긋 웃으며 그 장면을 바라보았다. 그 역시
하고 싶은 말이었기 때문이다.

간도군과 만나자 13도 의군의 사기는 하늘을 찌를 듯
했다. 단지 막강한 전력을 갖춘 간도군이 큰 힘이 될 거
라 느껴서만이 아니었다.

간도군이 13도 의군 병사의 가족들이 보낸 서신을 함
께 들고 왔기 때문이다. 지휘부의 방침대로 가족을 간도
로 보내놓고도 늘 가족의 안위를 걱정하곤 했는데, 그에
대한 답이 온 것이다.

가족들의 전언은 한결 같았다. 정착을 잘했고, 주정부
에서 약속한 월급을 꼬박꼬박 지급해 줘 풍족하게 잘살
고 있다는 얘기였다.

어떤 이는 가족의 서신을 붙들고 눈물을 흘리기까지
했다.

　　　　*　　　　*　　　　*

　일본군의 증원이 대거 들어오자 한성은 또다시 크게 술렁였다. 수년간 격동의 세월을 온몸으로 체감하며 살아온 시민들의 반응이야 그렇다 쳐도, 군문에서 묵묵히 복무하던 시위대 대원들의 분위기는 펄펄 끓어오를 정도였다.

　작년에 진위대가 해산되었으니 다음 차례는 시위대일 거란 추론 정도는 누구나 하고 있던 터에, 그걸 실행할 수 있는 대군이 증원군으로 입성하자 그게 이제 곧 현실이 될 것이란 얘기가 돌기 시작한 것이다.

　고문이나 교관 역할을 맡고 있는 일본군 장교들은 그런 분위기를 감지하고 여론을 잠재우려 백방으로 뛰어다니고 있었다.

　"지금 상황이 상당히 엄중하오. 그러니 이 일을 아무도 눈치 못 채게 기습적으로 실행해야 하오. 저들의 불안감이 극에 달한 상황이라 언제 일이 터질지 알 수 없소. 그리 되면 우리 군도 큰 낭패를 당하게 될 터. 이왕 이렇게 된 거, 빨리 서둘러야 하지 않겠소?"

하세가와가 먼저 작금의 사태에 대해 일성을 던졌다.

"사령관님의 말씀에 적극 찬성합니다. 지금 당장 시위대에서 불온한 움직임이 일어난다 해도 잘못된 말은 아닐 겁니다."

노즈 군부 고문의 말에 이토는 고개를 끄덕였다.

"알겠소. 시위대 해산 건을 한황에게 상주해 봐야 씨알도 안 먹힐 테니, 작년의 일한조약처럼 강제적인 방법을 동원해서라도 반드시 절차적 문제를 해결해 보겠소. 그러니 주차군 사령부 측에서 계획을 짠 후, 결행 예정일을 알려주시오."

"알겠습니다, 각하."

대충 그 정도로 논의를 마치고 회의를 마무리 지으려 할 때, 궁내부 고문 가토 마스오[加藤增雄]가 조심스레 말을 꺼냈다.

"그런데 각하, 한황의 일정을 보니 사흘 후, 경운궁을 비울 것 같습니다. 아무래도……."

"경운궁을 비워? 음, 그래, 무슨 일정이오?"

"황실 사람들과 북한산성으로 피서를 떠나겠다 합니다."

북한산성엔 행궁도 있고, 근처 계곡의 경치가 수려해

피서지로 안성맞춤이긴 했다.

"흠, 피서라……."

"요새 날씨가 좀 무더웠습니까? 그래서 그런 일정을 잡은 모양입니다."

"하하, 한황의 팔자가 늘어졌군요. 지금 목에 올가미가 걸린 줄도 모르고 한가하게 피서나 생각하고 있다니."

군부 고문 노즈는 아무 생각 없이 맞장구쳤다. 하지만 유난히 미간을 찌푸리며 뭔가 한참 생각하던 이토가 손을 들어 그의 발언을 제지했다.

"전례가 있는 일이오?"

"그렇습니다."

궁내부 고문 가토의 답변에 이토는 단호한 태도로 맞받아쳤다.

"불가하오. 의친왕의 일을 잊었소?"

"아, 맞다. 그러고 보니……."

"하지만! 좋은 기회이기도 하오."

"네?"

"어차피 시위대 해산 건을 정식으로 결제 받긴 어려운 일. 또 무리해서 추진해야 하는데, 아무래도 보는 눈이 많아서…….”

그가 말한 보는 눈이라 함은 당연히 외국 외교관들을 지칭하는 것일 터였다.

“차라리 황제가 자리를 비웠을 때 속히 결행하는 게 훨씬 편할 터. 궁을 비우기 전날 밤 황제의 재가를 받았다 말하면 될 테고… 노즈 고문!”

“네, 각하!”

“내가 왜 불렀는지 알겠소?”

“알겠습니다. 반드시 그날, 국새를 확보해 놓겠습니다.”

“그럼 그날 결행하시기로 결심하신 겁니까?”

하세가와가 반색을 하며 확인하듯 물었다.

“그렇소.”

“그렇다면… 불가하단 말은?”

“북한산성은 너무 멀리 떨어져 있어 황제가 무슨 음모를 꾸밀지 알 수 없는 일. 그러니 피서 계획은 취소시키지 말되, 창덕궁 후원 정도로 변경하는 건 어떻겠소? 호위상의 문제란 핑계를 대면 한황을 이해시키기 어렵지 않을 것 같은데…….”

“흠, 좋은 생각입니다.”

하세가와 사령관은 이 계획이 무척 마음에 든 듯했다.

"어떻소? 그때까지 모두 준비할 수 있겠소?"

"물론입니다. 안 되더라도 무조건 되게 해야지요."

"좋소, 그럽시다. 그럼 다들 그때까지 이 얘기가 새어 나가지 않도록 주의해 주시오. 우리 편에 선 대신들에게 도 알려주지 마시오. 저들의 가벼운 입이 일을 그르칠 수도 있으니."

"네, 알겠습니다."

이들의 대화는 그것으로 끝났다. 하지만……

"후후! 짜식들! 제대로 물었네."

이들의 대화를 처음부터 끝까지 도청 장치를 통해 듣 고 있던 민우가 녹음기를 끄며 활짝 웃었다. 하지만 민 우와 반대로 정재관은 분노로 얼굴이 벌게져 있었다.

"이익! 백번 때려죽여도 시원찮을 놈들! 이제 대놓고 국새를 강탈해 날인하겠다?"

"아우, 놈들이 저러는 거 한두 번 보는가. 중요한 건 우리 계획대로 됐다는 게지."

민우의 말투가 참으로 점잖아졌다. 한성 생활을 오 래하다 보니 이 시대의 의사소통 방식에 익숙해진 모양이다.

"이럴 때 보면 오라버니가 진짜 존경스러워요. 왜놈들이 이렇게 나올지 어떻게 아셨대요?"

최란은 특유의 부드러운 미소를 지으며 민우를 바라보았다.

"후후, 놈들의 사고방식을 알고 있으니 어려운 일은 아니지. 놈들이 폐하의 북한산성행을 용납할 리가 없지 않나. 한데, 이 중요한 시기에 폐하 스스로 자릴 비운다니 얼씨구나 싶었을 테니 막지도 않을 거고. 그러니 우리 예상대로 절충안이 나온 거지."

"어쨌든 놈들이 저리 나오니, 날짜와 장소가 자연스레 정해졌구려. 바삐 움직여야 하겠소."

"그렇지. 오늘 밤 포섭한 시위대 간부들을 모두 불러 모으게. 모이면 오늘 녹음한 내용을 들려주고. 그래도 우리가 꾸준히 시위대 해산설을 퍼트린 덕분에 동요하고 분노하는 시위대원들이 많이 늘어났을 거야. 거기다 왜놈들이 폐하의 국새를 훔쳐 멋대로 시위대 해산령에 날인할 거란 소문까지 퍼지면 그날 아침, 아마 제대로 폭발하겠지. 후후."

"맞는 말이오. 그런 얘길 듣고도 행동하지 않는 자는

분명 왜놈에게 매수당한 놈일 게요."

결국 시위대 해산설을 꾸준히 퍼트린 것도 민우네가 한 일이었다. 워낙 시세가 그렇게 흘러가고 있으니 당연히 이 소문은 더욱 설득력 있게 번져 갔을 것이다.

*　　　　　*　　　　　*

"놈들의 15사단 병력 중 두만강 너머 함경도에 배치된 연대 병력은 해병대 2연대에게 맡겨도 괜찮겠지?"

"그렇습니다. 어쨌든 중요한 건, 우리 각 군이 원정로상의 적만을 상대한다는 원칙을 지키는 겁니다. 부대마다 상대할 적의 전력 편차가 상당하지만, 작전의 혼선을 줄이기 위해서라도 이 원칙을 감수하라는 게 사령부의 명령이었습니다."

"좋아, 그럼 각 연대에 예정대로 내일 새벽을 기해 작전을 개시하라 전하게."

간도군 1사단장 김기룡 중장은 수북이 자란 콧수염을 쓰다듬으며 만족스러운 듯 말을 이어갔다. 외모만 보면 그는 이 시대에 딱 어울리는 군 지휘관의 풍모를 갖고 있었다.

1사단의 상대는 연해주 연추 지역에 자리한 일본군 15사단 병력이었다. 러시아와 간도군의 접경지대에 주둔한 부대이다 보니 15사단은 이 좁은 지역에 병력을 촘촘히 깔아놓고 있었다. 다만, 두만강 건너 함경도 일부 지역에 1개 연대 병력이 파견 나가 있는 상태였다. 함경도 전체를 지켜야 하는 13사단의 담당 지역이 워낙 넓은 터라 13사단장이 병력 파견을 요청했던 것이다.

거기에 맞서 간도군 1사단의 진군로는 네 갈래였다. 1사단은 화룡에서 출정식을 마치고 훈춘으로 들어가 작전 대기 시간을 보낸 후, 각기 목표 지점을 향해 출발했다.

홍순우 준장이 지휘하는 1연대는 훈춘의 동북쪽으로 이동해 러시아와 일본군의 국경 지대, 즉 슬라비안카 쪽을 노릴 참이었고, 설경태 대령의 9연대 병력은 산악 지대를 타고 넘어 자루비노 지역을, 이명학 대령의 8연대는 훈춘에서 연추로 이어지는 길을 타고 연추 쪽을, 양광한 대령의 10연대는 사단 본부 병력과 더불어 두만강으로 향할 계획이었다.

"비록 적의 수가 우리와 같다고 하나, 이 좁은 곳에 1개 사단 병력을 모조리 투입한 사령부의 뜻을 잘 헤아려 반드시 압승해야 한다. 사상자가 전무해야 이겨도 제대로 이긴 것이란 말이다. 다들 알았나?"

"네, 알겠습니다."

김기룡의 말대로 다른 사단과 달리 1사단은 연추 지역의 적만 상대하면 되었다. 다른 사단은 병력을 나눠 여러 지역에서 작전을 벌이고 있었다.

홍범도가 지휘하는 제16연대 병력 또한 긴 행군 끝에 작전 개시 지점에 겨우 도착한 상태였다.

홍범도가 속한 제2사단 병력은 모두 함경도로 방향을 잡았다. 이들 중 하진석 대령의 제4연대는 해병대 1연대와 더불어 무산령으로 향했고, 곽명섭 대령의 제5연대는 무산에서 삼사를 거쳐 갑산으로, 최태일 대령의 6연대는 홍범도의 16연대와 같이 장진을 경유해 검산령에 자리를 잡았다.

2사단장 한준상 중장 또한 사령부 병력을 이끌고 6연대와 16연대의 원정길에 동행했다.

"오시느라 수고 많으셨습니다. 13도 의군 영흥 지구대 소속으로 검산령(劍山嶺) 분견대를 이끌고 있는 윤동섭 참위입니다."

"오, 윤 참위. 반갑습니다."

윤동섭은 2사단 장교들을 반가이 맞이한 후, 예전에 이상설 일행이 잠시 머물고 갔던 예의 '쉼터'로 안내했다. 그간 윤동섭은 늘 하던 대로 13도 의군과 간도 간의 주요 보급로라 할 수 있는 이곳을 지키며 유민을 안내하는 일을 했다. 이 또한 중요한 일이라 비록 전투는 없다 해도 그의 임무는 결코 가볍지는 않았다.

"검산령 분견대가 있어 유민들이나 보급대원들이 안심하고 다닐 수 있었습니다. 수고 많으셨어요. 앞으로도 잘 부탁드립니다."

"아, 아닙니다, 장군."

한준상의 공치사를 듣자 윤동섭의 얼굴이 빨개졌다. 어마어마한 보급 물자와 생전 처음 보는 무기를 들고 나타난 간도군들. 알록달록한 제복을 차려입은 병사들의 모습을 보며, 과연 이들이 정예군이란 것을 실감할 수 있었다. 그런데 별을 세 개나 단 이들의 수장이 공손한 태도로 칭찬해 주니 그런 반응을 보일 수밖에 없었다.

"자료에 따르면, 일본군 13사단 병력 중 1개 연대가 원산에서 정평까지, 또 다른 연대는 함흥에서 단천까지,

각기 경계 지역을 할당 받아 배치되어 있다고 합니다. 각 연대 본부는 원산과 함흥에 있고, 13사단 사령부는 함경북도 라남에 있습니다."

기록을 보면 원래 13사단 사령부는 함흥에 있었다. 하지만 간도군을 견제하려 사령부를 북으로 끌어 올린 것이었다.

"후후, 라남엔 아예 2개 연대 병력을 배치했다지?"

그렇다면 라남엔 1개 여단에 가까운 병력이 배치된 셈이다. 이 시기의 일본군 1개 사단 병력이 15,000여 명에 달한다 했으니 1개 여단 병력의 규모도 7천을 훌쩍 넘겼다.

그에 반해 간도군 1개 사단은 만 명 정도인데다 라남 이북의 해안선 지대에는 일본군 15사단에서 파견된 1개 연대 병력까지 배치되어 있었다. 그리고 그들이 담당하고 있는 구간은 부령에서 두만강까지였다.

"그렇습니다. 지난번 무산령 전투가 치열했던 만큼 우리 간도군의 주력이 무산령에 있다고 판단한 모양입니다. 함경북도 중 라남 이남의 지역엔 겨우 1개 대대 병력만 해안선을 따라 흩어놓았을 뿐입니다."

"후후, 그 덕에 우리 5연대의 작전이 수월해진 거지.

곽명섭 연대장한테 빨리 정리하고 내려오라고 해야겠어."

"저, 그런데 우리 검산령 분견대는 어찌해야 합니까? 간도군을 맞이하라는 명령 이외에 아무런 얘기가 없었습니다."

"이곳을 지키는 데 계속 힘써주시기 바랍니다. 이곳은 유민의 주요 유입로이자 보급로입니다. 그러니 윤동섭 참위의 임무도 무척 중요한 일이랍니다."

"아, 알겠습니다."

"윤동섭 참위는 당장 왜놈들과 싸우고 싶나 봅니다."

"그, 그렇습니다."

"이해합니다. 하지만 지금은 이 임무에 충실히 임해주세요. 조만간 질리도록 싸울 수 있는 기회가 올 겁니다."

간도군 장교들이 윤동섭을 보며 미소를 띠었다. 역사가 바뀌지 않았더라면 의병장으로 이름을 높였을 그다. 그런 그를 간도 사람들이 그냥 놓아둘 리 없었다. 훗날 정식으로 정규군에 편입하게 되면 그도 원없이 싸워보게 되리라.

　　　　　*　　　　　*　　　　　*

　"후후, 그래도 특전대의 사전 공작이 제대로 먹힌 것 같은데? 안 그렇소?"

　"그런 거 같습니다. 다들 부리나케 길림을 빠져나가고 있습니다."

　제4사단장인 추명찬 준장은 7연대장 함흥식 대령과 함께 작전을 앞둔 상황에서 길림 지역을 살펴보고 있었다. 그들의 눈에 피난민들이 줄 지어 도시를 빠져나가는 모습이 똑똑히 들어왔다.

　"흠, 저들은 어디로 향하는 것이오?"

　"결국 장춘으로 갈 겁니다. 멀지 않은데다 한족들도 많이 살고 있는 곳이니."

　"쯧쯧, 거기야말로 진짜 불구덩이가 될 텐데 어쩌자고……."

　"할 수 없습니다. 또 소문을 내야지요."

　"그럽시다. 백성들이 무슨 죄가 있겠소."

　"저들을 너무 연민에 젖어 바라보면 낭패를 당할 수 있다고 사령부에서 누누이 당부했습니다. 이곳은 마적과 양민을 구분하기 어려운 곳입니다. 아니, 양민이 있기나

한 건지 모르겠습니다. 그러니 당분간 강압적인 방식으로 통치를 해야 질서를 잡을 수 있습니다."

"그러게 말이오. 어쩌다 이리되었는지……."

함흥식은 후대의 그 잔악했던 일본군조차도 마적의 뿌리를 뽑지 못했음을 잘 알고 있기에 이런 말을 덧붙인 것이다.

"엄정한 규율을 세워 통치하면 언젠가 이 땅도 평정될 겁니다."

"그렇겠지요. 자, 그럼 전투를 시작합시다."

"알겠습니다."

병사들은 시내 근처의 숲 속에서 휴식을 취하고 있었다. 그러던 중 출정하란 사단장의 명령이 떨어지자 병사들은 줄을 지어 길림으로 향했다.

2개 연대 병력이 일사불란하게 움직이며 벌판에 모습을 드러내자 길림 요새에서 크고 작은 소음들이 들려오기 시작했다. 아직 청의 관병이 남아 있던 모양이다. 간도군 병력들은 어느 지점에 이르자 모두 행군을 멈췄다.

"허허, 이제 시작인가? 모든 부대 중에 우리가 가장 먼저 전투를 시작하는 셈이니, 사령부에선 이 전투에 촉각을 곤두세우고 있겠구려."

"그렇습니다, 사단장님."

추명찬의 말대로 이번에 6개 사단이 참여한 대규모 작전의 효시 격인 전투가 눈앞에 다가온 것이다.

"좋소, 그럼 포사격부터 시작합시다. 목표, 적 요새. 준비되는 대로 사격을 개시하라."

추명찬은 나직이 말했지만, 그의 명령은 금세 전군에 전해졌다.

잠시 후, 쉬잉! 하는 박격포 특유의 소리가 들리더니, 수많은 포탄들이 적의 요새에 떨어지기 시작했다. 러시아 군을 견제하기 위해 만들어진 요새였다. 그러나 포탄의 궤도로 볼 때, 높은 성곽은 문제가 되지 않았다.

포탄에 당한 청군 병사들이 온갖 비명과 괴성을 질러댔다.

어느 정도 사격이 마무리되자 추명찬은 모두 진군하라 명령했다. 누가 보면 무모한 명령이라 했을 것이다.

하지만 송골매를 통해 적진의 상황이 낱낱이 파악되고 있었다. 통신병이 전해 온 바에 따르면, 이미 대부분의 적은 괴멸되었고, 살아남은 적도 모두 후퇴했다고 했다.

이로써 만주의 유서 깊은 도시, 길림이 간도군의 손에 들어오게 되었다.

*　　　　*　　　　*

일본 육군 6사단 소속의 2개 연대 병력은 한성으로 들어가지 않고, 호남과 영남 지역으로 나뉘어져 증원군으로 배치됐다. 그로 인해 대한제국 의군 세력과 일본군 간의 힘의 저울추가 평형을 되찾았다.

그간 이 지역의 13도 의군이나 유림 중심의 의병 부대들은 많아봐야 소대 단위의 일본군을 상대해 왔다. 그 덕에 전과도 많이 올리고, 자유롭게 움직일 수 있었다. 하지만 6사단 소속의 일본군들이 중대 단위로 나뉘어 의군 세력이 점령한 도시를 공격하기 시작하자 양상이 급격하게 달라지기 시작했다.

가장 먼저 피해를 당한 의병 부대는 최익현 의진이었다. 유림 중심의 의병 부대 중 가장 규모가 큰데다 평야 지역의 도시에 주둔하고 있고, 상징적인 의미가 큰 집단이었기에 일본군의 첫 번째 타깃이 되었던 것이다. 결국 최익현 의진은 태인에서 기관총과 대포를 앞세운 일본군에게 수많은 사상자를 내며 대패를 했다.

역사의 흐름대로 최익현은 휘하의 의병장들과 더불어 일본군에게 체포되었다. 이 전투에서 구사일생으로 목숨을 건진 의병 대부분은 잠시 고향으로 돌아가 가족을 간도로 보낸 후, 13도 의군을 찾게 된다.

13도 의군의 존재도 그렇고, 간도에 대한 소문이 돌고 있었기에 당연한 수순이었다. 또 앞으로 계속 벌어질 일이기도 했다.

유림 중심의 부대들이 일본군에게 당하거나 겁을 먹고 자진해서 해산하고 있다는 소식이 들려오자, 13도 의군 진영은 다시 지구대별로 전투를 재개했다. 예전에도 그랬듯 한국 주차군이나 헌병대가 작전 대상이었다. 새로 증원된 일본군 6사단 병력은 별동부대처럼 움직이며 평야 지대에서 주로 작전을 펼쳤기에 그랬다.

남쪽의 13도 의군 3, 4, 5연대 병력은 각기 지구대별로 움직였지만, 북쪽의 1연대와 2연대는 조금 상황이 달랐다. 이들은 보다 규모가 큰 작전 계획에 따라 움직일 예정이었다.

강원도 철원의 어느 깊은 계곡. 곳곳에 나무나 풀을

벤 흔적이 남아 있는 걸 보니 급하게 주둔지를 만든 게 역력했다.

"하하, 드디어 도착했군."

정환교 13도 의군 특파대장은 긴 보급대원의 행렬이 눈앞에 나타나자 함박웃음을 지었다. 그런데 다른 때와 달리 보급대원 대열의 선두 그룹에 특전대 1개 팀이 섞여 있었다.

"충성!"

"음, 손 팀장, 수고했어. 대장님은 잘 계시고?"

정환교는 민정기 특전대장의 안부부터 물었다.

"그렇습니다."

"그럼 무기부터 확인해 볼까?"

정환교는 손중섭 중령의 어깨를 두드리더니 보급대원들이 가져온 무기를 살폈다. 요 근래 보급대원들이 실어 나른 것은 탄약뿐이었다. 그런데 이번엔 크레이모어 지뢰와 박격포 및 포탄, 경기관총까지 들어왔다.

"대원들은 어디 있습니까?"

"응. 오랜만에 만나서 그런지, 다들 저 막사에 모여서 회포를 풀고 있지."

그간 교관 자격으로 황해도의 곡산 지구대와 평강 본

대에서 활약하던 모든 특전대원들을 불러 모은 모양이다. 다른 작전 때문에 묘향산 지구대와 평안남도 지역에 배치된 대원들은 빠진 상태였다.

"그럼 의군들도 다 집결했습니까?"

"벌써 며칠 됐지. 숲 속에 숨어 있어 보이지 않을 뿐이지."

"얼마나 모였습니까?"

"거의 1개 연대 병력은 될 거야. 곡산 지구대에서 2개 대대, 평강 본대에서 2개 대대 병력을 긁어모았으니까. 지구대 수비도 해야 해서 다 끌고 올 수는 없는 노릇이잖아. 그래서 딱 반만 데려온 거지."

"흠, 그럼 병력은 충분하겠네요."

"물론이지. 우리 특전대 팀원들도 오랜만에 작전에 참가할 테니 전력이 차고 넘칠 거야. 자, 막사로 가자고. 우리 13도 의군을 지휘하는 이 시대의 위인 어르신들을 만나게 해줄 테니까. 하하!"

정환교는 손중령을 이끌고 지휘 막사로 들어갔다.

"충성! 처음 뵙겠습니다. 간도진위대 특전대 중령 손중섭입니다."

낯선 간도군 장교가 막사로 들어와 인사를 하자 군막

에서 한참 회의에 열중하던 13도 의군 지휘관들도 엉겁결에 자리에서 일어났다.

"오, 어서 오시오. 멀리서 귀한 손님이 오셨는데 마중나가지 못한 결례를 저질렀소. 내일 중요한 전투를 앞두고 있는 상황이니 이해해 주기 바라오."

13도 의군 총대장 김두성이 환하게 웃으며 손중섭을 맞이했다. 정환교는 손중섭에게 김두성을 필두로 막사안의 인물들을 차례로 소개해 주었다.

"손 중령, 이분은 원우상 참장님이셔. 13도 의군 곡산 지구대장이자 제2연대장이시지."

"아, 반갑습니다, 원우상 참장님."

"그리고 이분은 1연대장인 이동휘 정령. 그리고… 이분은 1연대 1대대장인 이기표 부령님."

"뵙게 되어 영광입니다."

손중섭은 13도 의군 지휘관들의 면면을 대하며 머릿속으로 열심히 그간 학습한 내용을 떠올렸다. 김두성과 이동휘는 이미 알고 있지만, 이기표는 조금 생소하게 느껴졌다.

그는 벌써 오십 줄에 가까운 나이였다. 창의대장들을 제외하고 원우상 참장과 더불어 이 군막 안에서 고령에

속하는 인물인 것이다.

"이기표 부령님은 이전에 친위대 대대장이셨다가……."

"아! 그, 그렇습니까?"

손중섭의 뇌리에 그에 대한 프로필이 빠르게 떠올랐다. 이기표(李基豹, 1857년생)는 지금은 없어진 친위대의 대대장으로 근무하다 진위대 대대장, 시위대 대대장의 지위에 차례로 올랐다.

그러던 중 시위대의 군대 해산 직전, 1907년 7월 23일, 매국적인 정미칠조약이 체결되자 이를 반대하는 반일 시위에 가담하려다 징계를 당한다. 또한 시위대의 해산 움직임에 강력하게 반발하다 해임을 당한다.

그 때문에 8월 1일 시위대 해산 때, 그의 1연대 2대대는 대대장 공석 상태로 군대 해산을 맞게 된다. 당시 계급은 참령이었다. 하지만 지금은 진위대 대대장을 맡고 있던 시점이라 13도 의군에 참여하게 되었다.

역사가 바뀌지 않았더라면 그의 운명이 어떻게 되었을지 아무도 모를 일이었다. 하긴 이 막사에 있는 모든 인물이 그랬다.

당장 내년에 순국할 운명이었던 이들이 중대장이나 대

대장의 자격으로 이 막사의 회의에 다수 참여하고 있으니 말이다.

이들 중 중대장 오의선(吳儀善) 정위—1907년 당시 시위대 중대장이었고, 현재 시점엔 진위대 부위—는 시위대 해산 때, 항명의 뜻으로 자결을 했고, 김순석(金順錫)과 고희순(高喜淳)은 당시 특무 정교로서 전투에 참여했다가 결국 전사했다. 지금은 13도 의군의 중대장으로, 계급은 부위였다.

이들 외에도 노덕세(盧德世)란 젊은 장교—현재 시점에서 진위대 참위이지만 1907년엔 시위대 소대장이 되는—도 있는데, 그 또한 부위로서 중대장이었다. 물론 그도 시위대의 봉기 때 전사한 인물이었다.

이들은 1년 뒤에 세상을 등지게 될 운명이었지만, 아직 시위대에 근무하기 전이라 이렇게 13도 의군의 군막에 함께 있게 된 것이다.

"이번에 간도에서 신무기를 많이 가져왔다 들었소. 그래서 무척 기대되오. 또 포와 기관총도 가져오셨으니, 우린 천군만마를 얻은 기분이구려."

마지막 인사치레는 신기선 평강 본대 창의대장의 몫이었다. 그의 말에 동의하듯 곡산 지구대의 창의대장인 허위 또한 고개를 끄덕거렸다.

인사가 끝나자 다시 시작된 작전 회의. 이미 작전 계획은 수립되어 있었지만 마지막 확인 차 이렇게 지휘관들을 소집한 것이다. 13도 의군 지휘관들의 표정은 몹시 굳어 있었다. 그도 그럴 것이, 일본군 2개 대대 병력을 상대해야 하는 대규모 전투를 앞두고 있기 때문이다.

"지금쯤 평강의 수비대가 공격당하고 있다는 소식이 적 증원군에게 들어갔을 겁니다. 또 내일 아침엔 철원 수비대로부터 같은 보고를 듣게 될 겁니다."

이곳에 집결한 13도 의군 부대들은 밤을 틈타 이동해 왔다. 그간 치른 전투로 겨우 1개 소대 남짓 남은 일본군 평강 수비대와 역시 소대 규모의 철원 수비대를 그냥 남겨둔 채 더 남쪽인 철원의 산악 지대—연천과 철원의 접경지역—에 집결한 이유는 따로 있었다. 바로 이곳을 향해 진군하고 있는 일본군 6사단 소속의 2개 대대 병력의 발길을 더 빠르게 하기 위함이었다.

두 수비대가 공격을 받고 있단 소식이 전해지면 적은 더욱 서둘러 진군하게 될 테고, 매복에 대한 고려나 전방 수색도 한결 느슨해질 것이다.

이 두 곳, 즉 평강과 철원을 공격하는 병력 역시 각기 소대 규모로 편성했다. 이번 전투에 참가하는 아군의 규모를 속이기 위함이었다. 물론 이곳을 공격하는 부대는 매우 소극적으로 전투에 임하라고 지시했다. 사상자가 나지 않도록 배려한 것이다.

"그리고 적의 이동 속도를 고려할 때, 우리가 준비한 전장에 도달하려면… 음, 내일 저녁 무렵이 될 겁니다. 따라서 먼저 간도군 특전대가 내일 새벽 사전 준비에 들어갈 거고, 다른 부대 또한 같은 시각에 중대 단위로 전장에 투입될 겁니다. 하여…….."

어쩌면 앞으로 벌어질 모든 사건들—사건 하나하나가 서로 밀접한 연관관계를 맺고 톱니바퀴처럼 맞물려 돌아가게 될—중에 효시가 될 중요한 전투였다. 13도 의군 간부들은 이 전체 작전의 전모를 알지 못한다. 하지만 이를 아는 간도군 장교들은 매우 진지한 태도로 이 작전에 임하고 있었다.

"다시 한 번 강조하지만, 작전 중에 우리 간도군 특파대원들의 말을 늘 경청해 주시기 바랍니다. 기관총이나 포 및 기타 신무기를 우리가 직접 운용하게 될 거고, 적의 움직임 또한 저희가 바로 포착해 무전으로 알려 드릴 겁니다. 서로 손발이 맞지 않으면 이번 작전은 대실패로 끝나게 될 겁니다. 이 점 부디 유념해 주시길 바랍니다."

"알겠소. 지당한 말이외다."

의군 지휘관들은 정환교의 말에 고개를 끄덕거렸다. 그들의 긴장된 눈빛에는 살짝 흥분된 기색도 섞여 있었다. 이번 전투가 그간 경험하지 못한 간도의 신무기들을, 또 말로만 듣던 그 무기의 위력을 지켜볼 수 있는 기회가 될 것이기 때문이다.

제3장

개전

연천에서 철원으로 통하는 길은 하나밖에 없었다. 바로 추가령 구조곡이 만들어준 천연의 통행로, 경원가도였다. 서울에서 출발해 의정부, 양주, 동두천, 연천을 거쳐 철원과 평강으로 이어지는 길은 경원가도의 남쪽 구간에 속한다.

또 남쪽 노선 중에도 연천에서 철원에 이르는 길은 경원가도 북쪽 구간의 삼방협곡만큼이나 험하지 않아도 폭이 1㎞ 정도 되는, 나름 협곡 형태의 지형을 보이고 있었다.

이 구간을 빠져나오면 드넓은 철원평야와 만나게 된

다. 그리고 철원과 평강의 용암 평야 지대를 벗어나면 다시 좁은 북쪽 구간으로 이어지게 되는 것이다.

새벽이 되자 13도 의군들은 중대 단위로 흩어져 협곡 양쪽의 능선에 자리를 잡기 시작했다. 길 서쪽의 능선들은 해발 200~300m, 동쪽은 300~400m 높이의 낮은 산지지만, 한여름의 울창한 수풀은 이 부대의 존재를 충분히 가려줄 수 있었다.

각 중대 간 거리는 제각각이었다. 어느 지점은 듬성듬성하게, 어느 지점은 밀집해 배치시켰다. 이 또한 적의 혼란을 유도하기 위함이었다.

배치가 완료되자 병사들은 숲에서 휴식을 취했다.

"후읍, 크, 좋군."

정환교는 근처의 가장 높은 산에 오른 후 심호흡을 했다. 이번 전투의 실질적인 지휘관은 바로 그. 이제 이곳이 사령부 역할을 할 터였다.

"놈들, 빨리 좀 올 것이지."

"포까지 끌고 오느라 늦는다고 하지 않았습니까?"

이곳 지리에 익숙지 못해 전투에 참가하지 않고 연락관 역할을 맡기로 한 손중섭이 부관으로서 그의 옆을 지키게 되었다.

"응. 공병대까지 이번 원정에 참여했다나 봐. 지금 이 시대에 번듯한 도로가 없으니 개고생하며 왔겠지. 크크!"

망원경으로 주변 지형을 살피던 손중섭은 고개를 끄덕거렸다.

"역시. 전장으로 삼기 딱 좋은 곳입니다."

"맞아. 이런 곳에서 수색대를 보내지 않고 그냥 전진시키는 지휘관이라면 아예 장교 자격이 없다고 봐야지."

"그럼 적이 수색할 경우에 대해서도 대비를 해놓으셨습니까?"

"하하, 당연한 거 아냐?"

"그럼 어떻게……."

"일종의 깔때기 형태의 포진이랄까?"

"아, 그럼?"

"역시 금방 알아먹는군."

그의 말대로 13도 의군은 남쪽에서 북쪽까지 협곡에 깔때기 형태로 배치된 상태였다. 즉, 남쪽으로 갈수록 협곡에서 멀리, 북쪽으로 갈수록 협곡에 바짝 붙게 배치한 것이다.

"그럼, 적 수색대가 통과하면 다시 포진을 좁히겠지요?"

"후후, 그게 핵심이지."

손중섭은 고개를 끄덕이더니 다시 전방을 살폈다.

"이곳은 의병들이 주로 활동하던 지역 아닙니까?"

"그런 얘기 많이 들었어. 앞으로 이 골짜기로 경원선이 뚫릴 예정인데, 그 공사 중에 왜놈들이 엄청 공격받았다고 했지. 초기에 측량할 때조차 의병들이 하도 공격해 대니 한국인으로 변장한 후에야 작업을 겨우 마쳤다는 얘기도 있고."

"하기야 이 길은 함경도를 잇는 주요 통행로이니 의병의 목표가 될 수밖에 없었을 겁니다."

"바로 그거야. 그러니 일본군도 이 길로 올 수밖에 없다는 거지. 덕분에 우린 고민을 덜 하면서 작전을 세울 수 있고 말이야."

"허허, 맞는 말이오."

"아, 총대장님."

뒤늦게 부관 몇 명과 함께 도착한 김두성이 두 사람의 대화에 끼어들었다.

"우린 예전부터 이 길을 눈여겨보고 있었소. 후일 큰

전투를 벌이기에 딱 좋은 곳 아니겠소?"

정환교는 등줄기에서 땀이 흘러내렸다. 혹시 '경원선 운운' 하는 내용을 들었을지 모르기에. 하지만 거기에 대한 얘기가 없는 걸 보니 뒷부분만 들었으리라 추측했다.

"그러게 말입니다."

"그럼 오늘 전투를 잘 부탁하오. 본시 내가 할 일인데, 무거운 짐을 지워 드린 것 같아서 미안하오."

"아, 아닙니다."

두 사람이 얘기하는 중에도 계속해서 무전이 들어오고 있었다. 대개가 의군의 부대 배치에 대한 상황 보고 건이었고, 간혹 가다 일본군의 동향에 대한 보고도 들어왔다.

선두 대열의 일본군 대대장은 연신 시계를 들여다보았다. 정찰대원들이 수시로 대열을 드나들며 그에게 보고를 하고 있었다. 하지만 보고를 받는 그의 표정은 그리 좋지 않았다. 보고 내용 때문에 그런 게 아니었다.

"어디 불편하신 데라도……."

대대장의 찌푸린 얼굴이 마음에 걸렸는지 부관이 조심

스레 물어왔다.

"너무… 느낌이 안 좋아."

"정찰대원들의 보고에 이상한 점은 없었습니다만……."

"이곳 지형을 보게나. 기습당하기 딱 좋은 곳 아닌가. 게다가 이 계곡에 있는 민가에 왜 사람이 없지? 그거 좀 이상하지 않나?"

당연하게도 13도 의군 병사들이 이미 민간인들을 피난시킨 탓이었다.

"우리 부대의 북상 소식을 듣고 잠시 피신한 것 아니겠습니까?"

"흐음, 일리가 있는 얘기긴 한데… 암튼 찜찜해."

"그렇긴 합니다만, 폭도들이 감히 우리를 공격할 수 있겠습니까? 우린 2개 대대나 되는 병력인데."

"그렇긴 하지."

"후속하는 3대대장 눈치도 봐야 합니다. 이렇게 느리게 가다가는 이곳에서 야영을 하게 생겼다고 성화가 이만저만이 아닙니다."

"거참, 그 사람은 너무 앞뒤 안 가려서 문제야. 이런 곳에서 무턱대고 움직이다 큰 변을 당하면 어쩌려고."

"게다가 철원과 평강 수비대의 구원 요청도 있고……."

"그 문제만 아니면 이 협곡에 진입하기 전에 하루 묵고 내일 출발했겠지. 그럼 이렇게 고민할 필요도 없었을 테고."

"진군 속도를 올려야 한다고 생각합니다. 이런 협곡에서 지체하다 해가 져 야영을 하면 더 큰 문제가 아닙니까? 어쨌든 해 떨어지기 전에 철원에 도착하는 게 지금 시점에서 가장 상책 아닙니까?"

"어쩔 수 없군. 그렇게 하자고."

마지못해 지시를 내리는 대대장의 얼굴은 여전히 어두웠다.

이들을 망원경으로 살피던 정환교의 입가에 미소가 감돌았다.

"후후, 속도가 빨라졌군. 그래, 그래야지."

"이제 조금 있으면 모든 적군이 협곡으로 들어올 것 같습니다."

정환교는 대답 대신 손중섭에게 지시를 내렸다.

"남쪽의 협곡 입구 부대부터 정위치하라고 해."

손중섭은 그 말을 듣자마자 바로 무전을 날렸다.

"열여섯, 전투 배치. 열여섯, 전투 배치. 이상."

정환교는 거의 5분 단위로 비슷한 명령을 내렸다. 그의 명령에 따라 협곡에서 멀리 떨어져 대기하던 부대들이 약속된 지점으로 조심스레 이동하기 시작했다. 그렇게 자리를 잡으면 그 부대에 배속된 특전대원들은 언덕을 내려가 미리 지정된 위치에 크레이모어 지뢰를 설치했다.

그리고 얼마 후, 드디어 일본군의 마지막 후미 대열마저 협곡으로 진입했다는 보고가 들어왔다.

"후후. 좋아, 이제 시작이군."

정환교는 시선을 김두성에게 주었다. 그러자 김두성이 고개를 끄덕거렸다.

13도 의군들은 북쪽의 2개 중대를 제외하고 모두 협곡 양쪽으로 약속된 장소에 자리를 잡은 상태.

물론 전투가 시작됨과 동시에 일본군 선두 대열을 맡은 북쪽의 2개 중대도 적 정찰병들을 처리하며 전투 개시 지점으로 신속하게 이동할 것이다.

이동휘 연대장은 협곡 동쪽, 능선 중간 지점의 어느 높은 고지에 지휘부를 차렸다. 골짜기 안쪽을 훤하게 내려다볼 수 있는 지점이었다. 당연히 이곳은 박격포를 배치하기에도 좋은 지점이라 특전대원들이 임시로 박격포반을 구성해 자리 잡고 있었다.

이윽고 헤드셋을 통해 명령을 전해 받았는지 특전대 장교가 빠르게 명령을 내리기 시작했다.

"크레이모아 격발 준비! 박격포 사격 준비! 약 1분 후 신호탄이 오르면 즉각 공격 개시."

말을 마친 장교는 재빨리 이동휘에게 뛰어왔다.

"연대장님, 이제 공격이 시작됩니다."

"으음, 알겠소. 우리 부대원들에게 다 전달했소?"

"그렇습니다. 무전으로 전달했습니다."

비장한 표정으로 고개를 끄덕이는 이동휘. 그는 마른 침을 꿀꺽 삼켰다. 심장의 박동이 최고조에 이른 모양이다.

간도군 장교는 이동휘의 표정을 보고 그가 긴장했다기보다 설레고 있다는 착각을 했다.

의군 진영에 잠시 정적이 흘렀다. 그리고 곧 정적을 깨는 소리가 하늘에서 들려왔다.

펑!

신호탄이 오른 것이다. 그와 동시에 계곡을 뒤흔드는

굉음이 울려 퍼졌다.

꽈광! 꽝! 꽝!

먼저 크레이모어가 일본군 대열을 향해 수많은 살인 구슬을 빛의 속도로 날리기 시작했다.

꽝! 꽝! 꽝!

남북으로 길게 이어진 협곡을 따라 엄청난 폭음과 폭풍이 물결치듯 흘렀다.

거의 동시에 박격포도 사격을 개시했다. 포탄들은 스스로 자리를 찾아가듯 예정된 곳에 정확히 떨어졌다.

퐁! 쒸웅! 꽝꽝!

포탄이 터지는 소리, 조금 늦게 격발됐는지 뒤늦게 따라온 크레이모어 폭음. 거기에 기관총 특유의 날카로운 소음도 가세했다. K—3 경기관총이 계곡을 향해 총알을 쏟아붓기 시작한 것이다.

이 모두가 13도 의군 부대를 따라 배치된 특전대원들이 벌인 활약상이었다.

일본군의 비명 소리는 이 엄청난 괴성에 묻혀 거의 들리지 않았다. 아니, 적의 모습도 보이지 않았다. 계곡 전체가 크레이모어가 일으킨 후폭풍으로 인해 뽀얀 먼지로 뒤덮여 버렸으니. 게다가 박격포는 아직도 쉴 새 없이 포탄을 날려 대고 있었다.

"이, 이, 이게……."

이동휘는 그 자리에 얼어붙었다. 강심장인 그도 눈앞에 펼쳐진, 경악할 만한 화력에 놀라 몸을 벌벌 떨 수밖에 없었다.

김두성도 마찬가지였다. 그는 입을 쩍 벌리고 할 말을 잃은 채 전장만 바라볼 뿐이었다.

정환교 역시 굳은 표정으로 전장을 면밀히 살폈다.

이제까지 작전 타이밍은 모두 맞아떨어졌다. 나머지는 일선 부대들이 뒤처리를 잘해주기만 하면 된다.

"그런데… 왜 소총 소리는 안 들리는 겁니까?"

"그러게. 우리 의군 병사들이 놀라서 그런가?"

그의 말대로였다. 이동휘뿐만 아니라 협곡 양쪽에 자리 잡은 의군 병사들은 이 경천동지할 만한 사태에 모두 넋이 나가 있었다. 그들을 깨운 것은 특전대원들이었다.

"정신 차리십시오! 공격 안 합니까?"

"아, 아, 알겠소."

그제야 정신차린 중대장이 큰 소리로 소리를 질렀다.

"모두 공격하라!"

탕! 탕! 탕!

병사들은 그저 자신이 맡은 방향을 향해 총탄을 날려 대기 시작했다. 사격을 시작하자 이제 조금 정신이 돌아 왔는지 포연 속에서 희끄무레 보이는 적의 인영을 찾아 조준사격을 하는 이도 있었다.

박격포의 사격이 멎고 나서야 그들의 귀에 조금씩 일 본군이 질러 대는 단말마 같은 비명 소리가 들어오기 시 작했다.

"아악!"

"악!"

이제 전장엔 총성과 적의 비명 소리만 들린다. 의군 병사들은 능숙하게 장전과 격발을 반복했다. 포연이 가 시면서 이제 적진의 모습이 확연히 보이기 시작한 것이 다.

그와 더불어 전장의 참상도 목도할 수 있었다. 극도의 긴장과 흥분 상태가 지나고 나니 시야가 넓어진 것이다. 전장은 그야말로 생지옥이었다.

대부분의 일본군은 시체가 되어 길바닥에 몸을 뉘었 고, 부상병들은 찢어지는 목소리로 고래고래 비명을 지르며 괴로워했다. 전투 초반에 집중된, 엄청난 화력에 당했는지 거의 형체를 알아보기도 힘든 시신도 보인다.

그리고 간간이 목숨을 부지한 병사들이 길가의 나무와 바위에 몸을 숨긴 채 벌벌 떨며 웅크리고 있었다. 지휘관 대부분이 죽어 명령 체계가 사라지다 보니 반격을 할 생각도 하지 못했다. 그저 총탄의 비를 피하는 데 급급한 모습이었다.

"차라리 이곳보다 지옥이 더 낫겠어. 간도군이 왜 그리 승승장구했는지 이제야 알았소."

정신을 차린 이동휘의 입에서 가장 먼저 흘러나온 말이었다.

이동휘는 박격포 사격을 마치고 대기하고 있던 간도군 장교에게 말했다.

"이제 그만 끝내는 게 어떻겠소?"

"알겠습니다. 이곳 상황을 보고하겠습니다."

간도군 장교도 같은 결론을 내린 모양이었다.

각 부대에서 무전을 받은 정환교는 고개를 끄덕거리더니 다시 각 부대에게 지시를 내렸다.

그의 지시 때문인지 조금씩 총소리가 잦아들었다. 그리고 이윽고 항복을 권유하는 일본어가 울려 퍼지기 시작했다.

이미 해는 거의 떨어지고 땅거미가 전장에 내려앉기 시작했다. 13도 의군 병사들은 코를 틀어막은 채 전장을 정리하고 있었다.

지휘부가 모두 모인 자리. 곧 내일 있을 작전을 위해 다시 모인 것이다. 이들은 시작하자마자 대승을 축하하는 의미로 만세를 외쳤다.

"대한국 황제 폐하 만세! 대한제국 만세!"

지휘부의 군막에서 흘러나온 만세 소리에 주변의 병사들도 반응하기 시작했다. 오늘 받은 정신적 충격을 상쇄시키려는지 자기도 모르게 큰 고함소리가 목청껏 우러나왔다.

바깥에서 병사들의 환호성 소리가 들리자 흐뭇한 미소를 짓는 지휘관들.

"부상병을 포함, 100여 명의 일본군을 포로로 잡았습니다. 대열 후미에 있던 소수 적군들은 도주한 것으로 추정됩니다만······."

"포로 중에 장교도 있소?"

"소대장과 중대장 각각 한 명씩 살아남았습니다."

"허허, 오늘처럼 왜놈이 불쌍해 보이기는 처음이었소. 안 그렇소?"

김두성이 운을 떼자 오늘의 전투에 대한 13도 의군 지휘관들의 감상평이 쏟아지기 시작했다.

"암이요, 처음엔 얼마나 놀랐는지 오금이 다 저리더이다. 지금도 그때 장면을 떠올리면… 어휴!"

이기표 부령 또한 맞장구를 쳤다.

"그래, 간도군들은 늘 이런 식으로 싸워왔소?"

"꼭 그렇지는 않습니다. 오늘처럼 대군을 상대할 때는 화력을 아끼지 않았습니다만, 처음 몇 번만 그랬고, 이후로는 탄약 문제 때문에……."

"오호, 그럼 이제 탄약 문제는 다 해결되었소?"

"그렇습니다. 하지만 아직 생산량이 충분치 않아 우리도 아껴 쓰고 있습니다."

"놀랍소이다. 이제 더 많은 병력을 모으고 간도의 무기로 무장시키면 왜놈들을 몰아내는 건 시간문제 같소."

"그렇습니다. 결국 시간이 문제입니다. 아직 더 많은 병력을 무장시킬 정도로 무기와 탄약이 충분치 못한 현실이니."

"흠……."

정환교의 냉정한 얘기에 잠시 생각에 잠긴 김두성.

"시간이야 조금 더 기다리면 되는 거고… 뭐, 어떻소. 이제 아국에 희망이 보인다는 게 중요한 것 아니겠소?"

"물론입니다. 열심히 싸우다 보면 언젠가 왜놈들을 아국의 강토에서 모조리 몰아낼 때가 오지 않겠소이까?"

"그렇겠지요. 암튼 전장 정리가 끝나면 병사들을 배불리 먹이고 휴식을 취하게 합시다."

지휘관들은 흥분이 가라앉자 다시 내일 일에 대해 얘기하기 시작했다.

*　　　　　*　　　　　*

한편, 화룡의 간도진위대 사령부는 원정군과 적군의 움직임을 계속 주시하며 비상 대기 상태를 유지하고 있었다.

이제 전선이 넓어져 기존 무전기로는 전 부대와 통신 라인을 유지할 수 없는 상황이 되자 몇 달 전부터 보급한 무선 전신기까지 동원되었다. 그러다 보니 실시간 보고와 문답은 거의 이뤄지지 못하고, 정기 보고에 의존해 전장의 정보를 수집하고 있었다.

"제4사단으로부터 보고가 들어왔습니다. 길림을 점령한 제7연대와 18연대 병력은 내일 장춘을 향해 진군할 예정이랍니다."

"그래? 다른 연대들은?"

"12연대와 22연대 병력은 각기 서안과 해룡성 공략을 앞두고 있다고……."

길림 방면 군과 달리 남쪽으로 진군한 제4사단의 12연대와 22연대는 화전에 집결한 후, 먼저 반석(磐石)을 점령했다. 그리고 여기서 연대마다 진로를 달리해 서정인 대령의 12연대는 서쪽의 서안으로 향했고, 최군칠 중령의 22연대는 일단 휘발하까지 남하한 후 강을 따라 서쪽으로 진로를 바꿔 해룡성으로 향했다.

서안(西安)은 후세에 요원(遼源)이라 이름이 바뀌게 되는 도시인데, 요하의 발원지라 해서 요원이라 이름을 붙였다 한다. 해룡성(海龍城) 또한 매하구(梅河口)라 이름이 바뀌는데, 남만주 지역 교통의 요지인 동시에 유전 지대라 주정부에서 일찌감치 요충지로 낙점한 곳이기도 했다.

"제5사단 또한 아직까지 순조롭게 진군하고 있다 합니다."

"6사단 병력 배치는?"

"모두 끝났습니다. 제1사단과 해병대가 쓰던 기존 진지를 모두 인수했고, 동청 철도와 러시아 국경에 방어선을 완성한 상태입니다."

"그럼 이달 말에 신병 훈련을 마치면 7사단을 새로 창설해야 하니, 그 준비도 철저히 하도록."

"네, 알겠습니다."

장순택 사령관은 부관에게 지시를 마치고는 차도선 경무국장에게 시선을 돌렸다.

"7사단이 창설되기 전까지 영토 내 치안과 방어는 모두 치안대의 몫이니 당분간 열심히 해주셔야 할 겁니다."

"알겠소이다."

비상시국인지라 이제 차도선도 꼬박꼬박 군부 회의에 참석해야만 했다.

회의가 끝나 잠시 휴식을 취하러 작전 회의실을 나서는데 문밖에서 김구와 신채호가 장순택을 반겼다.

"아, 사령관님."

"혹시 절 기다리셨습니까?"

"그렇습니다. 긴히 드릴 말씀이 있어서……."

신채호는 달변가 스타일이 아니었다. 그가 말끝을 흐리자 김구가 나섰다.

"우릴 전장으로 보내주십시오. 우리 역사에 길이 남을 이 전투를 뉘라도 글로 지어 후세에 전해야 하지 않겠습니까?"

"정찰기들이 찍는 영상도 있고, 보고서들도 계속 쌓이고 있으니 기록이라면 문제없을 것 같습니다만……."

단호히 거절하려 하는 장순택. 하지만 두 위인의 눈빛이 워낙 간절해 그도 말끝을 흐릴 수밖에 없었다.

"아니외다. 솔직히 전장의 소식이 궁금해 일도 손에 잡히지 않소이다. 내 또래의 다른 청년들은 아국을 위해 총을 들고 분연히 일어나 싸우고 있는데, 붓대나 쥐고 있는 내 자신이 한심스러워 견딜 수가 없습니다."

"그렇습니다. 비록 싸울 줄은 모르지만, 군을 따라다니며 그들의 모습을 지켜보고, 또 그들의 일을 기록하는 일이라도 하고 싶소이다."

"흠, 혹시 주지사님께 먼저……."

"그렇습니다. 흔쾌히 허락하셨습니다."

"아니, 어쩌자고 그런 결정을……."

"가서 현장을 제대로 느껴보고 실감나게 글을 써보라 하더이다. 바로 이런 기록이야말로 교과서에 수록되어야 하는 글이라고 말씀하셨습니다. 그리고 정기적으로 신문 에도 싣자고……."

"음, 아무리 그렇다고 해도……. 쯧. 뭐, 주지사님도 그렇게 말씀하시니 제가 어떻게 거절하겠습니까?"

"오오, 감사하오이다."

"고맙소. 가서 열심히 일해보겠소."

마지못해 허락하는 장순택의 얼굴에 희미한 미소가 감 돌았다. 생각해 보니 이들의 연치는 아직 피 끓는 청춘 이었다. 자신의 뇌리에 박힌 이들의 모습은 늘 중년이거 나 노년이었고, 하늘같은 위인이었다. 워낙 깊이 뿌리박 힌 선입견이었다.

하지만 어떤 경우에도 변하지 않는, 아니, 변하고 싶 지 않은 기억 속의 형상이었다.

"부디 몸조심 하십시오. 두 분은 나라의 미래를 짊어 질 동량들입니다."

"그렇게 보아주시니 감사할 따름이오."

말을 끝마친 두 사람은 발걸음도 가볍게 군부 건물을 나갔다. 아마도 오늘 밤, 한성 출신의 위인들과 더불어 술판이 벌어지리라.

*　　　*　　　*

제22연대장 최군칠(崔君七) 중령은 실존 인물이다. 이범윤 휘하의 충의대 소속 장교로, 선견 한국 분견대와 간도 진위대가 통합되며 간부 교육을 받고 현대식 전술도 익혔다. 덕분에 연대장에 임명되어 이번 출정에 나서게 되었다.

최군칠뿐만 아니라 선견대 출신의 장교들은 간도군을 지휘하는 데 약간의 두려움을 느끼고 있었다. 처음 의병 형태로 출발해 선견대 시절엔 러시아식 전술을 익혔다. 그런데 간도군에 들어와서 또 새로운 전술을 익혀야 했다. 상당 기간 훈련을 했다지만, 실전을 앞두고 긴장할 수밖에 없었다.

그런 그를 보좌하는 이는 도래인 출신의 장교 이강철 소령이었다. 물론 이강철도 이 시대로 넘어오기 전에는 병장 계급을 달고 있었다. 그런데 불과 1년 2개월 만에 소령으로 승진하게 되었으니, 그 또한 경험 많은 장교라고는 할 수 없었다. 하지만 그간 수많은 전투에 참가하며 전술을 몸으로 체득했으니 이제 장교로서 부족함은 없어 보였다.

"음, 저게 해룡성이라 했소?"

"그렇습니다."

이 시기의 해룡성은 나름 큰 마을이라 할 수 있었다. 그간 화전에서 반석을 거쳐 휘발하를 따라 오며 큰 마을은 거의 만날 수 없었다. 드문드문 한족과 만주족 마을이 산재해 있고, 점산호들도 있었지만, 소 닭 보듯 건드리지 않고 지나쳤다.

이 부대의 목표는 어디까지나 따로 있었기에 그런 데서 탄약과 체력을 낭비할 필요가 없었다. 목표 지점까지 휴대한 보급품으로 견뎌야 하기 때문이다. 저들 또한 1개 연대나 되는 대병력을 보자 납작 엎드려 고개조차 들지 못했다.

"그냥 우회하는 게 낫지 않겠소?"

최군칠은 자신의 부하라 해도 이강철에게 하대하지 않았다.

"먼저 마을을 좀 살펴봐야겠습니다. 작전 지침상 청의 관청이 설치된 곳은 가급적 치라 했으니."

"알겠소. 하지만 상대해야 할 적이 적다 판단되면 바로 우회할 것이오."

"맞는 말씀입니다."

제4사단과 5사단에게 내려진 지침은 약간 모호한 점이 있었다. 이 부대들의 최종 목적지는 남만주 철도였다. 즉, 그곳에 주둔하고 있는 일본군 만철 수비대인 것이다. 하지만 진군로상에 있는 도시들이 문제였다.

점령전 성격의 전투라면 그 도시나 마을의 청국 관청과 점산호를 깨끗이 정리한 후, 병력을 남겨두고 가야 한다.

하지만 이번 전투는 그런 성격이 약했다. 물론 보급 문제 때문에라도 그렇게 해야 하는 게 옳았다. 저들을 그대로 놔두고 가면 후속하는 보급대가 바로 큰 위험에 노출되게 된다. 저 점산호와 관병들을 중심으로 마적단이 만들어질 게 뻔하기 때문이다.

그러나 이번 작전에서 보급은 일부 부대를 제외하고 대부분 북쪽에서 이뤄진다. 즉, 길림을 거쳐 장춘을 북쪽 기점으로 삼아 남쪽으로, 남만주 철도를 따라 보급을 하기로 방침을 세운 것이다. 물론 일본군을 모두 정리한 후에야 가능한 일이다.

이 때문에 제4사단의 북쪽 방면군은 액목—길림—장춘에 이르는 보급로를 꼼꼼히 정리하고 1개 대대 병력을 뽑아 대대 본부를 길림에 두게 한 후, 주요 지점에 대한 경계를 맡겼다.

"7사단의 일이 걱정이오. 이렇게 많은 마을을 정리해야 하니."

"지금까지 다들 그렇게 일했습니다. 먼저 앞으로 툭 치고 나가 영토가 될 선을 긋고, 후속하는 부대가 영토 내부를 꼼꼼히 점령하고… 또 그 과정에서 실전 경험을 쌓게 되니 꼭 나쁜 일만은 아닙니다."

"허허, 듣고 보니 그렇구려."

7사단은 아직 만들어지지 않았지만, 이미 임무는 부여된 상태였다. 영토 방위 사단이자 예비 사단으로서 이번 작전에 동원된 사단들이 형성한, 일종의 국경선 안쪽의 땅을 점령하는 일이었다. 이들이 일을 마치면 다시 치안대가 투입되어 각 지역의 치안을 담당하게 된다. 이런 과정을 거쳐야 비로소 새로 점령한 땅이 영토로 편입되는 것이다.

이들은 대화를 마치고 나서 높은 언덕에 올라 해룡성을 면밀히 관찰했다.

　"음, 점산호가 드물지 않게 보이오만. 여기는 그대로 지나치는 게 나을 것 같소. 비록 청국 관청이 설치된 곳이라 해도 관병은 보이지 않으니. 하기야 관병이 있기나 한 건지도 모르겠소."

　"다들 청국 관병과 마적이 뭐가 다른지 모르겠다고 그럽니다. 아마 진짜 관병은 서쪽의 봉천 정도에나 있을 거고, 이런 곳에 있는 관병은 아마도 점산호들의 사병 부대 정도라 보면 맞을 겁니다. 심지어 관청의 관료도 위로부터 임명 받은 게 아니라 지역 유지들이 나서서 맡는다 들었습니다."

　이강철의 말대로 만주 지역에 설치된 현들의 대부분은 위로부터 행정적 절차에 따라 설치가 되고 임명된 관료가 부임해 오는 방식이 아니라, 자기들끼리 조직을 만든 후 성경 장군부에 청원서를 올려 현으로 지정을 받는 행태였다.

　최군칠은 자신이 결정을 내렸으면서도 조금 아쉬워하는 듯했다. 간도 사포대 시절부터 얼마나 많이 점산호 놈들의 횡포를 보아왔던가. 한족이든 만주족이든 점산호

만큼은 이 땅에서 살려두면 안 된다 생각했다. 그런데 이들을 그냥 두고 지나치려니 마음 한켠이 무거워진 것이다.

*   *   *

김인수 준장이 지휘하는 제5사단은 가는 곳마다 주민들의 환영을 받았다. 이들의 진군로가 대부분 서간도 지역이었기 때문이다.

몽강을 떠난 병력은 통화를 순식간에 점령했다. 1개 사단이나 되는 대병력이 모습을 드러내서 그런지 저항이고 뭐고 없었다. 현의 관리들과 관병들은 부리나케 짐을 싸더니 바로 도주했다.

하지만 점산호들은 그렇지 못했다. 싸야 할 짐이 너무 많았기 때문인지, 아니면 애써 얻은 터전이 아까워서 그랬는지, 상당수가 자신의 성채 같은 저택에서 벌벌 떨며 웅크리고 있다가 군이 접근해 오자 저항을 포기하고 항복해 왔다.

점령군에게 뇌물을 먹이면 나름 이권을 인정받을 수 있지 않을까 하는 판단도 한몫 한 모양이다. 그래도 사리판단이 빠른 점산호 몇몇이 귀중품만 챙긴 뒤 바로 떠나기는 했다.

통화는 일찌감치 현이 설치된 도시였다. 또한 한국인 주민들이 많이 사는 마을이기도 했다. 한국인 주민들은 감격의 눈물을 흘리며 간도군의 입성을 반겼다. 간도군이 바로 옆 마을인 육도구와 팔도구(백산 지역)를 점령한 후로 그곳 주민들이 온갖 혜택을 누리고 있다는 소문이 돌았다. 그 때문에 상당 수 주민들이 그곳으로 이주하기도 했지만, 그래도 여전히 많은 수가 남아 있었다.

김인수 준장은 제25연대 병력 중 1개 대대에게 통화 주변 지역의 점산호들을 낱낱이 잡아내 재산을 몰수한 후 후속하는 치안대에게 넘긴 다음에 합류하라고 지시했다.

다른 지역과 달리 서간도 지역은 한국인들이 많이 사는 곳이라 주민의 안전을 위해 꼼꼼히 점령하기로 했고, 그 임무를 25연대에게 맡겼다.

그리고 내부의 경무국은 이번에 치안대원을 대거 모집한 후, 25연대 병력을 따르게 했다. 이들은 앞으로 25연대가 점령한 지역에서 치안을 담당하게 될 예정이었다.

이후 5사단은 통화에서 병력을 나누었다. 김평석 대령이 지휘하는 제13연대와 현홍근 중령의 19연대는 그대로 정서 방향에 있는 봉천을 향해 출발했다.

김이걸(金利杰) 중령의 제23연대는 흥경(興京)—후세에 신빈(新賓)으로 이름이 바뀌는데, 청조의 발상지라는 설이 있음—으로 떠났고, 서간도 지역을 담당하게 된 신치옥(申致玉) 중령의 25연대는 환인(桓仁)으로 길을 잡았다.

25연대는 다소 진군이 늦더라도 환인, 관전, 안동 등의 주요 도시와 압록강 북변 마을을 꼼꼼히 점령하며 진군하기로 했다. 그래서 연대장 신치옥은 통화에 남겨 뒀던 1대대가 임무를 마치면 압록강 변의 집안(集安)으로 남하하라고 지시했다.

25연대는 치안대가 보급로를 지키게 되므로 사령부로부터 직접 보급을 받기로 했다.

*   *   *

이른 저녁, 1사단 소속의 1연대장 홍순우 준장은 병

사들에게 전장으로 이동하라 명령했다.

그의 연대가 맡은 곳은 러시아와 간도, 일본 점령하의 연해주, 이렇게 3개국의 국경선이 만나는 지점이었다. 그리고 이제 간도군 1연대 병력이 일본군의 세력권으로 진입한 것이다.

병사들은 소대 단위로 뭉쳐서 조심스레 몇 킬로미터를 전진했다. 그리고 예정된 지점에 도착하자 진지를 구축하기 시작했다.

"다른 연대들도 자리를 잡았답니다."

"그래? 시간을 변경하는 일은 없겠지?"

"그렇습니다."

"해변 쪽은 어떻대?"

"8연대에서 알려주길, 지금 해변가 수풀에 몸을 숨긴 상태고, 해가 지면 작전 개시 지점으로 이동할 거랍니다."

"알았다."

홍순우는 비록 다른 부대의 일이라도 특히 해변 쪽 작전이 신경 쓰이는 모양이었다. 어쨌든 이번 작전에 연관된 부대들의 위치 확인이 끝나자 그는 병사들에게 잠시 휴식을 취하라 명령했다.

일본군 15사단은 러시아 국경 지역에 1개 연대를 배치시켜 놓은 상태였다. 러시아와 일본은 국경 조약을 맺고 슬라비안카 주변의 산악 지대를 따라 비스듬히 국경선을 그었다.

그래서 일본군 2개 대대가 러시아 국경을 따라 서북쪽으로 비스듬히 배치된 것인데, 국경선의 1㎞ 정도 후방에 바짝 붙은 형태로 포진해 있었다.

그리고 나머지 2개 대대는 간도군을 막기 위해 서쪽 능선에 배치됐다.

간도 국경 쪽은 워낙 험한 산악 지대가 널리 분포하고 있어 한국군 특유의 유격전에 당할 염려가 있었다. 그래서 수비대를 멀찌감치 떨어뜨려 방어선을 만들었다.

그리고 연대 본부는 두 쐐기꼴 모양의 방어선 사이, 평지에 설치했다.

북쪽이나 서쪽 수비대 모두 배후의 평지가 훤히 내려다보이는 능선에 배치된 상태.

그래서 러시아 군이나 간도군이 일본군을 치려고 한다면 이 능선들을 넘어야 했다.

1연대가 자리를 잡은 곳은 바로 이 일본군 서부 국경 수비대의 첨병 부대가 배치된 능선에서 2㎞ 떨어진, 맞은편 능선의 계곡이었다.

간도군은 적의 눈에 띄지 않도록 능선에 오르지 않고 바로 밑에서 휴식을 취하고 있었다.

하지만 모든 병사들이 그런 것은 아니었다. 수색대 겸 관측병 역할을 맡은 병사들은 이미 적진 안쪽으로 침투해 비트를 파고 몸을 숨기고 있었다.

한여름 숲 속이라 모기가 기승을 부린 탓인지 병사들은 거의 잠을 이루지 못했다. 장교들은 자신에게 할당된, 적의 위치를 표시한 작전 지도를 만지작거리며 몇 번이고 확인하는 중이었다.

"사단장님께서 마지막으로 작전을 확인해 주셨습니다."

두만강 방면 병력과 같이 움직이고 있는 김기룡 사단장이 마지막 확인 차 연락을 한 모양이다.

"알았다. 그럼 바로 병력들 준비시켜 능선에 올려라. 자주포도 자리를 잡으라 하고."

홍순우는 새벽 3시가 가까워오자 전투 준비를 하라고 명령했다.

그의 명령에 따라 병사들은 능선에 오른 후, 바위와 나무 등의 엄폐물을 찾아 자리를 잡았다. 박격포도 능선

바로 밑에서 사격 대기 상태에 들어갔다. 이번에도 일본 군에게 박격포를 보여주지 않을 모양인지 능선 밑에 또 박격포를 감춘 것이다.

"후후, 이제 시작인가? 이제 몇 분 뒤면 연해주와 함 경도가 불바다가 되겠군."

홍순우의 말대로 오늘 새벽 3시가 함경도와 연해주에 자리 잡은 모든 부대의 작전 개시 시간이었다.

시계의 맨 위 눈금에 분침과 초침이 정확히 일치하자 홍순우는 지체 없이 명령을 내렸다.

"공격 개시!"

그의 명령과 동시에 박격포가 불을 품었다.

퐁! 퐁! 퐁!

쒸웅! 쒸웅!

1연대의 각 중대마다 여섯 문씩 배치된 박격포들이 일제히 능선을 따라 포탄을 날리기 시작했다.

포탄들은 전방을 향해 넓게 퍼져 날아갔다.

봉우리마다 자리 잡고 있는 일본군의 진지를 향해.

그와 동시에 전장에서 멀찌감치 떨어져 대기 중이던 K—9 자주포 네 문이 시동을 걸더니, 바로 포신을 움직 이기 시작했다.

이 시대의 어떤 병기와도 비교 불가할 정도로 사거리
가 긴 이 무기는 러시아 국경 쪽에 자리 잡은 일본군 수
비대를 노렸다.

제4장

토왜작전

철썩! 철썩!

잔잔한 파도가 부드럽고 리드미컬하게 해안선을 두드린다. 천연의 방파제에 둘러싸여 그런지 포시에트 항이 자리 잡은 내해—간도 주정부는 이 바다를 염주만이라 이름 붙였고, 이보다 더 먼바다, 즉 포시에트 만은 동경성만이라 했다—는 호수처럼 잔잔했다.

아직 전기가 가설되지 않아 군데군데 횃불을 밝혀놓은 포시에트 항. 부두 위 여러 건물들의 그림자가 횃불의 일렁임을 따라 밤바다를 수놓고 있다.

"놈들, 그새 이것저것 많이도 지어났군."

"이 부두가 놈들의 생명줄이니 사력을 다해 만들었을 겁니다."

박일도 중령의 말에 같이 주변을 관측하던 대원이 말을 받았다.

"시간 다 됐으니 대원들 깨워라."

"네."

명령을 받은 대원이 조심스레 움직이며 다른 대원들을 깨웠다. 해안가 수풀에서 잠시 눈을 붙이던 대원들은 하나둘 몸을 일으키며 기지개를 켰다.

"장비 챙기고."

박일도 중령의 명령에 40여 명에 달하는 팀원들은 장비를 점검하기 시작했다. 오늘 새벽에 시작될 이 작전을 위해 그와 팀원들은 거의 일주일 전부터 준비를 했다. 해병대 1연대 소속 인원 중 이제 모두 장교가 된 해병대 수색대 출신 대원들을 모두 불러 모은 것이다.

그래도 인원이 부족해 특전대에서도 한 팀을 차출했다. 더 남쪽에서 작전을 펼칠 2연대 팀도 형편은 마찬가지였다. 이들은 모든 장비를 일일이 짊어지고 밤을 이용해 적진을 가로질러 이동해 왔다. 장비도 경계조와 이동조로 나눠 며칠을 걸려 교대로 옮겨왔다.

박일도는 포시에트 항에서 시선을 옮겨 목표물로 향한 후, 한참 동안 노려보았다. 사위가 온통 어둡다 보니 놈들이 내뿜는 불빛이 더욱 선명하게 보였다.

"후우, 괜찮을까?"

천하의 박일도 중령이 긴장될 정도라면 힘든 작전임이 틀림없다. 오죽했으면 한 달 전 화룡에 있을 때 장순택 사령관이 자신을 직접 찾아왔겠는가.

"박 중령, 미안하네. 무모한 작전인 줄 알지만, 꼭 해야 하는 일이라……."

물론 그는 두말없이 응했다.

"대장님, 8연대에서 작전 한 시간 전이란 연락이 왔습니다."

그와 팀원들이 벌일 작전은 간도진위대 1사단 소속의 제8연대와 짝을 이뤄 진행될 예정이었다. 8연대장 이명학 대령은 거의 한 시간 단위로 동태를 물어오고 있었다.

"그래? 후후, 다들 이쪽 일에 관심들이 많네?"

"그런 모양입니다."

"자, 그럼 출발할까?"

그의 지시에 따라 대원들은 미리 공기를 주입해 놓은 고무보트에 야간투시경을 비롯한 각종 침투 장비와 무기를 싣고는 차례로 보트에 올랐다. 자리를 잡은 대원들은 조심스레 노를 젓기 시작했다.

포시에트 항은 현재 일본군 15사단의 보급항 역할을 맡고 있어 일본 함정들이 거의 정기적으로 본토와 항구를 오가며 보급품을 실어 나르고 있었다.

보통 따로 수송선을 이용하지 않고 일개 분함대가 임무를 수행했는데, 방호 순양함 네 척으로 구성된 제3함대 소속의 제6전대가 담당했다. 종전되었다고 하나 바로 얼마 전까지 적이었던 러시아의 국경 해안 지대를 오가는 임무라 그렇게 편성한 모양이었다.

진위대 사령부는 무인 정찰기를 통해 이 함정들의 운항 일정을 체크해 왔다. 그래서 이들이 포시에트 항에 정박하는 일정에 맞춰 이번 작전을 기획한 것이다.

네 척의 적 함정은 포시에트 항에서 수백 미터나 길게 돌출된 부두에 정박하고 있었다. 항만의 수심이 낮다 보니 긴 부두가 필요했던 모양이다.

대원들은 소리가 나지 않도록 천천히 노를 저었다. 해

변의 파도 소리가 노 젓는 소리를 상쇄시켜 주고 있지만, 목표물과 가까워질수록 더욱 조심해야 했다.

박일도의 귀에는 노 젓는 소리가 마치 천둥소리처럼 들려왔다. 음원에 가까우니 당연히 크게 들릴 수밖에 없다. 하지만 결국 기우에 불과했다. 적이 기척을 눈치챈 징후는 전혀 발생하지 않았다. 그래도 못내 신경 쓰이는지 그는 얼굴을 찡그리며 연신 시간을 확인했다. 신경을 다른 곳으로 돌리기 위한 본능적 행동이리라.

"이제 시간이 된 것 같은데……."

그의 나직한 혼잣말이 끝나기도 전이었다.

쿠쿵! 쿵!

갑자기 멀리서 폭음이 들려왔다.

새벽 3시가 되자 계획대로 간도군 8연대의 공격이 시작된 것이다. 8연대의 공격도 북쪽의 1연대의 공격 방식과 흡사했다.

8연대 병력들은 적이 사단 사령부를 보호하려고 야산에 구축해 놓은 방어선을 먼저 박격포탄으로 때리기 시작했다. 비록 멀리 떨어져 있다 해도 주변이 칠흑 같은 어둠에 휩싸인 터라, 폭발이 일으킨 섬광이 선명하게 도드라져 보였다.

갑자기 벌어진 사태인지라 갑판에서 경계를 서던 병사들이 먼저 반응을 보였고, 곧이어 함정 내부에서 잠을 자던 수병들이 잠이 깬 모양인지 하나둘 모습을 드러내기 시작했다.

수병들은 항구가 보이는 갑판 쪽으로 다가가 전장의 불빛을 걱정스런 눈빛으로 지켜보는 중이었다. 하지만 아직까지 남의 일처럼 느끼고 있는 모양인지, 그저 구경꾼과 같은 태도를 보이고 있었다.

포시에트 항에서 15사단 사령부가 위치해 있는 하연추—러시아 지명은 크라스키노, 간도 주정부는 염주성이라 이름 붙인—까지의 거리는 5㎞ 정도. 더구나 일본군의 방어선은 더 위쪽이었다. 하지만 얼마 지나지 않아 15사단 사령부 쪽에도 불꽃이 일기 시작했다.

갑판에서 아닌 밤중에 일어난 이 불꽃놀이를 감상하던 수병들의 얼굴이 더욱 굳어지던 찰나.

꽝! 꽝! 꽝! 꽝!

사위를 뒤흔드는 엄청난 폭음과 함께 어둠을 환하게 밝히는 섬광이 바로 앞, 포시에트 항에서 터져 나왔다. 제대로 맞았는지 벌써 불타오르는 건물도 있었다. 해안 포대들도 포격을 피할 수 없었다. 포격을 당한 포대는 탄약이 유폭되었는지 연달아 폭음과 섬광을 토해내고 있었다.

"어어!"

"뭐지?"

"이, 이게 대체……."

"당장 사단 사령부와 연락해 봐!"

조타실을 지키고 있는 당직 장교의 부산한 움직임도 실루엣으로 감지되었다. 아마 무선통신으로 상황을 묻고 있을 것이다. 그중 몇 명은 아예 갑판으로 뛰쳐나왔다.

이는 8연대에 배치된 네 문의 K—9 자주포가 만든 작품이었다. 박격포들이 적 수비망을 때리는 사이, 이 시대 최고의 사정거리를 자랑하는 자주포가 일본군 15사단 사령부와 포시에트 항을 차례로 공격한 것이었다.

이런 난리 덕분에 해병대와 특전대의 대원들은 어렵지 않게 수병들이 몰려 있는 곳의 반대편 갑판 쪽으로 접근할 수 있었다. 함정 한 척당 열 명씩 붙은 대원들. 그들은 손에 착용한, 공기압을 이용해 함정의 선체에 붙였다 뗄 수 있는 특수 침투 장비를 이용해 빠르게 갑판으로 기어오르기 시작했다.

제일 먼저 부두 왼쪽에 정박해 있는 방호순양함(防護

巡洋艦)에 오른 박일도 중령. 그는 자리를 잡자마자 다른 대원들이 올라올 때까지 전방을 경계하는 자세를 취했다.

6전대 사령관을 비롯, 각 함정의 함장이나 고위급 장교, 그리고 대부분의 수병들은 휴식 차 모두 육지에 나가 있었다. 이곳에 도착해 화물을 하역한 지 얼마 지나지 않은 시점이라, 피로를 씻기 위해 최소한의 경계병만 남겨두고 모두 뭍에 오른 것이다.

대원들이 모두 갑판에 오르자 박일도는 손짓으로 각기 자리를 잡으라 지시했다. 다른 배의 침투도 모두 완료했다는 보고가 들어오자 박일도는 바로 공격 명령을 내렸다.

푸쑹! 푸쑹!

대원들은 민첩하게 움직이며 소음기가 장착된 기관단총으로 갑판의 적을 순식간에 살상하기 시작했다.

그사이, 두 명의 대원은 조타실로 다가가 당직을 서던 장교와 사병을 모두 처리했다. 갑판과 조타실의 적을 모두 처리한 대원들은 두 명씩 짝을 지어 선실로 들어갔다. 선실은 대부분 비어 있었지만, 잠을 자고 있는 수병들도 간혹 있었다.

박일도는 수병들을 생포하라 명령했다. 몇 명 되지도 않고 무기도 없는 자들을 굳이 죽일 필요는 없었기 때문이다.

*　　　　*　　　　*

일본에 의해 새로 개항을 한 함경도 청진항에서도 포시에트 항과 비슷한 일이 일어났다.

"후후, 시간 되었군."

해병대장 정민창은 새벽 3시가 되자 옆에 대기하고 있던 문규민 1연대장에게 공격 개시 명령을 내렸다. 이들의 공격이 시작되면 하진석 대령이 지휘하는 제4연대 병력도 사전 약속에 따라 자동적으로 공격을 시작할 것이다.

무산령과 그 양옆의 능선에 나란히 배치된 병력들은 일제히 박격포를 쏘아대기 시작했다. 이들의 전술목표는 제각기 달랐다. 무산령 근처 곳곳에 흩어져 있는 적의 경계초소가 1차 목표였고, 부령에 주둔한 적 본대 병력이 2차 목표였다.

사실 1차니 2차니 하는 구분은 별 의미가 없었다. 이미 목표가 사전에 할당된 상황이라, 동시다발로 포탄이 목표물을 때리고 있는 상황이기 때문이었다.

연해주로 진군한 1사단이 연추란 좁은 지역 안에서 사단 단위로 전투를 치르고 있다 해도 실제 소속 연대들은 각기 다른 지점에서 작전을 펼쳤다.

하지만 이쪽은 무산령에서 부령, 청진, 라남까지 외길로 연결된 단일 전선이라 할 수 있었다. 이런 곳에 두 개 연대 병력이 엄청난 화력을 쏟아붓고 있는 상황이다. 아마 간도군 창설 이래 가장 많은 화력을 집중적으로 투사한 전장이라 할 수 있을 것이다.

무산령 옆의 고지에 있는 연대 사령부에선 지휘관들이 포격 상황을 지켜보며 계속 지시를 내렸다. 전선에서 훨씬 남쪽으로 내려가 관측을 하는 병사들이 계속 목표물을 새로 지정하거나 좌표를 수정해 주고 있었다.

"허허, 장관이로다."

이범윤은 가슴이 뿌듯했다. 포탄들은 낱낱이 적 초소들을 찾아가 터졌고, 눈엣가시 같던 부령의 적 전초 부대 병영도 활활 불타오르고 있었다.

"무슨 포탄을 이리도 많이 쏴대는 것이오? 너무 아깝지 않소?"

"하하, 전혀 아깝지 않습니다, 그 한 발, 한 발이 바로 우리 병사들의 생명과 직결되어 있다고 생각하면."

이범윤의 생각을 이해한다는 듯, 정민창 해병대장은 웃으며 대답해 주었다.

"흠……."

보병들은 여전히 무산령 능선 아래에서 대기 중이었다. 포격이 끝나고 나서야 천천히 전진하며 생존한 적들을 낱낱이 처리할 터였다.

쿠르르!

"오, 이제 저 기물이 나서는 것이오?"

"그렇습니다."

그때, 네 문의 K—9 자주포가 무산령 능선에 올랐다. 자주포들은 자리를 잡자 포신을 움직이더니 곧바로 사격을 시작했다.

뻥! 뻥! 뻥!

"헉!"

자주포의 사격이 시작되자 이범윤의 몸이 사시나무 떨리듯 했다. 엄청난 폭음과 발사 과정에서 발생한 공기의 진동이 그를 놀라게 한 것이다.

이날 새벽에 벌어진 엄청난 규모의 포격—간도 진위

대가 출범한 이래 가장 강한 화력을 투사한—을 지켜보는 이범윤 함경도 관찰사는 거의 넋을 잃고 전장을 바라보고 있었다.

수많은 박격포와 네 문의 자주포가 빠른 속도로 포탄을 토해내고, 그게 거의 정확히 적진에 떨어졌다. 천지를 뒤흔드는 굉음과 불꽃들이 난무하는 전장. 어디에서도 볼 수 없던, 아니, 상상해 본 적도 없는 광경을 목도한 그는 그저 석상이 되어 전장을 바라볼 뿐이었다.

"아니, 그런데 왜 저 포탄이 터지는 모습이 보이지 않는 거요?"

이제 박격포탄이 일으키는 섬광에 익숙해진 모양이다. 그래서 저 기물이 쏜 포탄은 뭔가 다르리라 예상했는데, 전혀 기미가 보이지 않는 게 아닌가.

"저놈들은 저 해안가의 청진항과 라남에 있는 적 13사단 사령부를 때리고 있습니다. 여기선 아마 안 보일 겁니다."

"헉! 그게 말이 되오? 거기가 얼마나 먼데……."

"하하, 그러니까 저렇게 생긴 거지요."

"허, 정말……."

이범윤은 정민창의 말을 도저히 믿을 수가 없었다.

그러나 그의 믿음 여부와 상관없이 일본군 13사단 사령부가 있는 라남이 불타오름과 동시에 청진항 또한 아수라장이 되었다. 그리고 그 틈을 이용해 해안가에서 대기하고 있던 해병대 수색대와 특전대 팀들이 청진항에 정박해 있던 적의 이등 전함 한 척과 세 척의 포함을 탈취하는 작전도 실행되었다.

가장 어려운 전투가 될 거라 예상했던 부령 전투는 결과적으로 너무도 싱겁게 끝났다. 13사단장 하라구치가 이쪽에 2개 연대나 배치한 게 오히려 간도군을 도와준 꼴이 되었다. 이 시대에 비대칭적 화력을 자랑하는 간도군이 아낌없이 화력을 쏟아부을 수 있는 명분을 제공한 게 문제였던 것이다.

이날 새벽, 함경도 곳곳에 난리가 났다. 해병대 2연대는 1사단 소속의 10연대와 더불어 두만강으로 진출했다. 거기서 10연대는 두만강 동안을 따라 남하하다 녹둔도 지역—두만강 삼각주. 토사가 쌓이다 보니 녹둔도가 육지와 연결되어 나름 넓은 해안 평야 지대를 형성—곳곳을 정리했고, 해병대 2연대는 두만강 서안을 따라 내려가다 함경도 해안 길을 타고 남하할 계획이었다.

곽명섭 대령의 5연대는 갑산을 지나 단천 쪽을 공격했다. 이곳은 소수의 적 병력만 주둔한 곳이라 어렵지 않게 점령할 수 있었다. 그는 계획대로 북쪽에서 후퇴해 오는 적을 막을 목적으로 1개 대대를 단천에 남겨두었다.

이 대대 병력은 함경도 동해안 길을 중간에서 끊어버리는 임무를 맡게 된 셈이다. 그리고 나머지 병력은 바로 해안선을 따라 남하해 함흥을 노리기로 했다.

제2사단의 주력이 포진한 함흥 방면군은 다시 부대를 둘로 나누었다. 최태일 대령이 지휘하는 6연대는 함흥의 북쪽을 공격해 적이 북쪽 단천에서 내려오는 5연대 병력에 신경 쓸 틈을 주지 않을 계획이었다.

홍범도의 16연대는 보다 남쪽으로 내려가 함흥에서 원산 사이의 적을 공격할 예정이었다. 물론 홍범도 부대의 최종 목적지는 원산이었다.

홍범도 부대가 앞으로 담당할 적은 총 1개 연대 병력이었다. 일본군은 함흥과 원산 사이의 여러 고을, 즉 정평과 영흥, 고원, 문천 등지에 중대 혹은 대대 단위의 병력을 배치해 놓았다. 전략적 요충지인 원산에도 일본군 연대 본부와 1개 대대 병력이 자리 잡고 있었다.

홍범도는 먼저 압도적인 화력으로 문천을 공략했다. 겨우 1개 중대 병력만 배치되어 있던 적 진영은 순식간에 녹아내렸다. 덕분에 또다시 함경남도에 포진한 적 진영의 허리가 잘린 셈이 되었다.

"후후, 함흥에 있는 왜놈들 고민이 자심하겠어."

"맞습니다. 적들은 지금 대혼란에 빠졌을 겁니다. 6연대가 함흥 북쪽을 때리고 있으니."

참모인 김종선 대위가 웃으며 말을 받았다. 그의 말대로 최태일 대령의 6연대는 함흥 북쪽을 공격하고 있었다. 그 덕에 동해안을 따라 원산에서 단천까지, 각 지역에 골고루 깔려 있는 함경남도의 일본군은 모든 부대가 고립된 상황에 처했다.

"자, 그럼 여긴 이제 1대대에게 맡기고, 우린 빠르게 남쪽으로 달려가세나."

"충성! 그럼 수고하십시오."

1대대장인 황선일 소령이 홍범도를 배웅했다. 그는 정평을 지키며, 함흥이나 그 이북의 적 패잔병들이 남하하지 못하게 저지하는 임무를 맡았다.

*　　　　*　　　　*

제3사단장 송상철은 굳은 표정으로 장내를 둘러보았다. 이제 평안도 전역을 포화 속으로 밀어 넣을 작전이 곧 시작될 것이다.

간도군 입장에서 보면 눈앞에 있는 영변이야말로 가장 중요한 요충지였다. 영변을 함락한 후, 태천과 박천을 거쳐 정주에 이르면 평안도의 한복판을 완전히 가로지르게 된다. 한마디로 적군의 허리를 잘라 버리는 효과가 있는 것이다.

적 병력이 밀집해 있는 함경도에 비해 평안도는 병력이 많은 편은 아니었다. 하지만 한성에 웅크리고 있는 적 6사단 병력이 경의선 열차를 통해 빠르게 증원될 수도 있어 방심은 금물이었다. 물론 이번 작전은 3사단 전체 병력들과 동시에 진행될 것이다.

"2연대 위치 확인했습니다. 위원을 점령한 후, 초산 근처에 있다 합니다."

박강민 대령이 지휘하는 2연대는 압록강 남쪽 강변의 고을을 휩쓸며 하류 쪽으로 의주까지 내려갈 예정이었다. 확인된 적 병력이 거의 없다시피 한 곳이라 그리 어려운 작전은 아니었다. 하지만 의주 부근에선 제법 규모가 있는 적과 싸움을 벌여야 할 터였다. 일본군의 전략상 만주와 연결되는 의주는 무척 중요한 곳이었다.

"좋아. 11연대는?"

"개천 부근에 자리 잡고 작전 개시 시각을 기다리고 있다고……."

공도혁 대령이 지휘하는 11연대는 영원을 출발해 덕천을 거쳐 개천을 눈앞에 두고 있었다. 개천을 점령하면 안주까지 진군하기로 했다. 이들은 이곳 영변의 3연대와 청천강을 사이에 두고 거의 평행하게 진군로를 잡고 있었다.

"17연대는 선천 부근에서 대기 중이랍니다."

주창진 중령이 연대장으로 있는 17연대는 3사단 병력 중 가장 남쪽에서 작전을 펼치게 되었다. 이들은 13도 의군이 점령해 놓은 맹산과 양덕을 지나 선천을 공략할 예정이었다. 이 작전이 완료되면 바로 대동강을 따라 남하하며 강동과 평양을 노리게 된다.

"주창진 연대장에게 전하게. 노파심에서 하는 말이지만, 선천을 점령한 후에 별도의 명령이 있기까지 어떤 일이 있어도 움직이지 말라고."

"네, 알겠습니다."

"흠, 그건 왜 그렇소?"

지휘 막사 안에서 얘기를 듣고 있던 노희태 참령은 궁금증을 이기지 못하고 질문을 던졌다.

"다른 연대들이 해안 지대를 모두 점령한 후 본격적으로 남하해 평양 인근에 이르기까지 기다려야 합니다. 그러지 않고 섣불리 평야 지대로 나오게 되면 남쪽에서 올라오는 적 증원군에게 당할 수도 있습니다."

"아, 잠깐 잊었소. 적의 대군이 한성에 있다는 사실을."

"지금 영변 상황은 어떻습니까?"

"아무래도 적군이 대비를 단단히 하고 있는 것 같소. 우리가 소문을 내는 통에……."

노희태 참령이 말끝을 흐렸다. 바로 기습을 하면 쉽게 이길 수 있을지도 모른다. 하지만 적 주둔지 근처의 민간인들이 피해를 입을까 싶어 한 단계 작업을 더 거치기로 한 게 문제였다.

송상철은 13도 의군에게 민간인들의 피난을 유도해 달라 부탁했다. 그에 의군 병사들은 민간인으로 변장해 영변에 들어간 다음, 곧 13도 의군이 영변을 공격할 것이란 소문을 퍼트렸다. 이 소문은 금세 효과를 발휘했다. 주민들은 몇 달 전, 영변 외곽에서 큰 전투가 벌어진 일을 생생히 기억하고 있었기 때문이다.

물론 이전에도 상당수 주민들이 13도 의군의 권유에 따라 간도로 이주해 영변이 많이 비기는 했다. 하지만 모두가 삶의 터전을 쉽게 버릴 수 있는 게 아니었다.

"어쨌든 주민들 피해 걱정은 하지 않아도 될 거요. 다들 봇짐을 싸서 나오는 것을 봤으니."

"알겠습니다."

말을 마친 송상철은 시계를 보더니 바로 명령을 내렸다.

"자, 이제 시간이 되었습니다. 3시 정각에 공격을 시작할 테니, 모두 부대로 돌아가 준비해 주십시오. 그리고 이번 전투는 강환일 연대장이 지휘하게. 난 다른 연대의 동정을 계속 체크해야 하니."

"네, 알겠습니다."

안중근은 눈빛을 빛내며 이 모든 회의 과정을 지켜보았다. 사실 그는 이 모든 일이 그저 신기하기만 했다. 평안도 각지에 흩어져 있는 병력들이 긴밀히 연락을 주고받으며 움직이고, 또 그 움직임을 한눈에 볼 수 있다는 게 말이다.

물론 이번 작전에서 그에게 주어질 임무는 거의 없을 것이다. 13도 의군의 임무는 이번 영변 공략전 이후에 시작되기 때문이다. 그래도 안중근은 간도의 전투 방식을 일견할 수 있는 좋은 기회라 생각했다.

새벽 3시가 되자 박명환 대령이 지휘하는 간도군 특전대 팀들이 먼저 움직이기 시작했다. 그들의 목표는 당연히 영변 철옹성의 동문 문루에 배치된 적 포병이었다. 이미 수풀에 자리를 잡은 대원들은 문루에서 경계를 서고 있는 적을 하나둘 저격하기 시작했다.

13도 의군의 공격이 임박했다는 첩보를 밀정들에게 들은 영변 수비대 지휘관은 경계를 더욱 강화해 놓고 있었다. 13도 의군이 야간에도 전투를 벌인다는 걸 알고 있기에 불도 밝히지 않은 채 문루에 경계병을 잔뜩 배치해 놓은 것이다.

하지만 야간 투시 장비가 있는 간도군에게 그런 조치는 아무런 소용이 없었다.

푸슝! 푸슝!

일본군 경계병은 칠흑 같은 어둠 속에서 빛나는 한 줄기 섬광을 보았고, 그게 이 세상에서 마지막 본 장면이 되었다. 저격의 사각지대에 있어 살아남은 적들은 잠시 혼란에 빠졌지만, 그도 오래가지 못했다. 혼란을 틈타 빠르게 성벽을 타고 오른 대원들이 그들마저 처리해 버린 것이다.

문루 위의 적이 모두 정리되자 박명환은 강환일 연대장에게 바로 신호를 보냈다.

이윽고 맹렬한 박격포의 사격이 시작됐다.

그사이 특전대원들은 동문의 문을 열어젖혔고, 3연대의 기관총 사수들은 주인이 바뀐 문루로 올라갔다.

펑! 펑!

박격포의 포탄이 적의 주둔지를 마구 때리기 시작했다. 포탄이 터짐과 동시에 적 진영이 환하게 밝아졌다.

그리고 문루에 자리 잡은 기관총들이 불을 뿜기 시작했다. 사실 일본군 병력의 상당수가 깨어 있는 상태였다. 경계를 철저히 하라는 명령 때문에 2교대로 근무를 서고 있었기 때문이다. 하지만 그것도 의미 없는 일이 되어버렸다. 포탄에다 기관총탄의 세례가 쏟아지자 일본군 진영은 완전히 아귀비환이었다.

펑! 펑!

두두두두!

강환일 대령이 특별히 배려해 기관총 사수들과 더불어 문루에 오른 13도 의군 묘향산 지구대 장교들은 연신 감탄성을 토해냈다.

동문을 통과한 3연대 병력들은 빠른 속도로 적의 주둔지를 둘러쌌다. 그러자 또 한 편의 지옥도가 펼쳐졌다.

탕! 탕! 타탕!

병사들이 사격을 시작한 것이다.

죽음에 이를 정도의 상해를 당한 일본군 병사들이 비명을 내질렀다. 그 소리가 축축한 밤의 공기를 타고 영변을 뒤흔들었다. 죽음에 이르는 중이거나, 죽음을 앞둔 공포감에 내지르는 비명은 정말 듣기 불편한 것이었다.

이미 박격포와 기관총은 사격을 멈췄다. 그리고 강환일 대령은 소총 사격까지 멈추게 했다.

"사격 중지!"

겨우 1개 중대 병력을 상대로 너무도 과한 화력을 투사한 셈이다.

대부분의 적은 죽었고, 몇몇 살아남은 병사들은 무릎을 꿇은 채 손을 번쩍 들고 있었다.

"허허!"

"허허허!"

"아니, 저 원통 모양의 무기가 대포였다니……."

"소총인 줄 알았는데… 저게 무시무시한 기관총이었소?"

다른 간부들의 얘기를 흘려들으며 말없이 전장을 주목하던 안중근. 그의 심장이 주체하지 못할 정도로 고동치기 시작했다.

"그래, 이제 된 거야! 이들이라면!"

그는 주먹을 불끈 말아 쥐더니 허공을 향해 흔들어 댔다. 활달하고 거침없는 그의 성격대로 그의 입에서 우렁찬 함성이 흘러나왔다.

"이겼다~"

"와! 이겼다!"

"만세! 만세! 대한국 만세!"

"와!"

그의 외침에 이어 다른 함성들이 메아리처럼 따라 흘렀다. 눈엣가시 같던 영변 철옹성을 이리 쉽게 함락할 줄 누가 알았으랴!

"하하, 그럼 13도 의군에게 뒷처리를 맡기겠습니다."

역시 문루에 올라온 강환일 대령 또한 환하게 웃으며

안중근에게 말을 걸었다.

"알겠습니다. 확실히 처리하겠습니다."

이제 묘향산 지구대 병력들은 주변 마을들을 상대로 작전을 펼칠 것이다. 간도군이 주요 도로를 따라 진군하며 일본군 주둔지를 점령해 나가면 13도 의군은 간도군과 나란히 움직이며 인근에 있는 마을들을 돌아 아직 남아 있는 적 헌병대 병력들을 정리하기로 한 것이다.

*   *   *

똑똑!

덜컹!

부관은 예의상 회의실 문을 두드리고는 안에서 반응이 있기도 전에 문을 열어젖혔다. 무척 다급했던 모양이다.

"크, 큰일 났습니다!"

이토 통감과 하세가와 한국 주차군 사령관, 니시지마 6사단장 등은 여러 고문들과 더불어 한참 회의에 몰두하던 중이었다.

"뭔가!"

"어허! 경망스럽게 이게 무슨 추태인가!"

내일 아침, 마침 큰일을 앞두고 있는데 다른 큰일이 났다니. 그들은 분위기를 깬 부관을 노한 기색으로 노려보았다.

"평강으로 향했던 두 개의 대대 병력이 거의 전멸을 당했다는……."

"뭐, 뭐라!"

"그게 무슨……."

"다시 말해보라!"

"연천 수비대에서 방금 연락이 왔습니다. 적의 대군에게 기습을 당해 전멸에 가까운 피해를 입었고, 소수의 생존 병사들이 수비대에 찾아와……."

"헉! 진짜…란 말인가?"

"그렇습니다. 연천 수비대 병사들도 전장에서 일어나는 엄청난 폭음과 총소리를 들었다고 합니다."

"저, 적의 병력 수는?"

"자세히 파악되지는 않았지만, 1개 여단 정도로……."

"뭐라! 1개 여단?"

"그래서… 정찰병을 보냈는데… 적은 벌써 연천으로 진군할 채비를 하고 있다고……."

부관은 말을 제대로 잇지 못했다. 너무 엄청난 소식이라 사실 그대로 전달하는 것 자체도 죄스럽다 느꼈기 때문이다.

"휴⋯⋯."

하세가와는 긴 한숨을 내뱉었다.

설마 했는데⋯ 전혀 예견하지 못한 일도 아니었는데⋯⋯.

"우리가 2개 대대를 보내니 주변의 적들이 뭉친 모양이외다."

"그런 것 같소."

하세가와의 운에 이토가 맞장구를 쳤다. 두 사람은 이런 소식에 무척 익숙했다. 그래서 벌써 냉정을 찾은 듯했다. 하지만 니시지마는 아직도 현실을 받아들이지 못하고 있었다.

"어떻게 이런 일이⋯⋯."

"사단장, 이제 아시었소? 저들은 폭도가 아니오. 정규군들이란 말이오."

"그래도⋯ 이건⋯⋯."

"후⋯ 그래, 어떻게 당했다는 건가? 폭음은 뭐고?"

"아군의 진군로상에 매복해 있던 적들이 폭탄을 매설

해 터트린 다음, 포격과 기관총 사격을……."

"뭐! 포격?"

"기관총까지!"

그때였다. 또다시 급한 노크 소리와 동시에 문이 벌컥 열리며 다른 부관이 들어왔다.

"크, 큰일 났……."

또다시 닮은 꼴 상황이 벌어졌다. 문을 벌컥 열고 들어온 부관은 회의실의 분위기가 이상했는지 더 이상 말을 잇지 못했다. 하늘같이 높으신 어른들이 모두 경악한 표정을 지은 채 모두 벌떡 일어나 있으니.

그래도 하세가와가 가장 먼저 정신을 차렸다. 그는 심호흡을 한 번 하더니 자리에 앉았다. 그러고는 천천히 부관에게 시선을 돌렸다. 모름지기 사령관인지라 당황한 모습을 더 이상 보이면 안 된다 판단한 모양이다. 애써 평정심을 되찾은 하세가와의 입이 살짝 벌어졌다.

"후후… 그래, 또 뭔가?"

하세가와는 쓴웃음을 흘리며 무엇이든 받아들일 테니 말을 해보라는 표정으로 말했다.

"뭐, 그래봐야 또 폭도들 소식이겠지, 또 우리 부대가 당했다는……. 안 그런가, 부관?"

"그렇긴 합니다만……."

"말해보라."

"평안도에 주둔한 거의 모든 부대에서 급전이 도착했습니다. 간도의 폭도들로 보이는 엄청난 수의 대군이 영변과 압록강, 평양 근처 등에 모습을 드러냈고……."

"뭐라!"

하세가와는 자리에서 다시 벌떡 일어났다. 더 놀랄 일은 없을 거라 생각했는데, 더 무시무시한 소식을 듣게 되자 그의 본능이 시킨 행동이었다.

"간도? 진정 간도라 했나?"

"그렇습니다."

"아니, 그럼 함경도의 13사단은 뭐하고……."

하세가와의 말이 중간에서 뚝 끊겼다.

"그렇다면 13사단이나 15사단도… 공격당하고 있다는……."

이미 13사단과 통신이 두절된 지 오래였다. 그래서 그들의 동향을 확인할 길이 없었다. 유일한 방법은 본토를 거쳐 연락을 받는 것뿐이다.

하세가와의 등에서 식은땀이 흘러내렸다. 비상사태다. 자신이 한국에 부임해 온 이래 이제껏 겪어본 적이 없는, 그런 일대 사건이었다.

"간도 놈들의 규모는?"

"죄송하지만… 정확히 추산하기 어렵습니다. 말이 다 달라서……."

"그럼 어떻게 간도 놈들인지 알았지?"

"전장에서 겨우 몸을 뺀 병사들이 말하길, 적은 이제 껏 본 적이 없는 통일된 복장과 무기를 갖추었다고… 또 간도에서 대군이 도착했다는 소문을 들었다고, 일진회 밀정들이 한결같이 보고를……."

하세가와는 다시 털썩 자리에 주저앉았다. 그는 뒷목을 주무르며 마음을 달랬다. 늘 점잔 떨며 사람들을 가르치듯 말하던 이토는 이제 아예 넋이 나갔는지 멍한 표정으로 서 있었다. 니시지마는 여전히 패닉 상태에서 벗어나지 못했다. 그의 얼굴은 핏기조차 찾아볼 수 없을 정도로 하얗게 변해 있었다.

"패잔병들이 적의 규모에 대해 아무런 말도 하지 않았나?"

"했습니다. 그런데… 믿기 어려워서……."

"뭐라 하던가?"

"각기 수천 명씩이었다고……."

"수천 명? 그럼 네 개 지점에 나타났으니… 최소 1개 여단, 아니면 1개 사단?"

"말도 안 되는 소립니다. 그런 대군이 어떻게 나타났겠습니까? 게다가 함경도와 연해주의 경계선을 지켜야 할 병력도 모자랄 판에."

개중에 정신을 차린 고문 하나가 하세가와의 말을 반박했다.

"흠, 그 말도 일리가 있지만… 놈들의 무기는 어떻다든가?"

"야포와 기관총이 사용되었다고…….."

"허! 이런…….."

"허허허!"

이제 이토와 하세가와는 헛웃음을 흘렸다.

"평강에 나타난 적은 익히 우리가 알던 놈들이고, 평안도에 나타난 적은 간도에 웅크리고 있던 패거리들인데… 이들이 모두 중무장했다는 것은?"

하세가와의 말에 군부 고문이 답했다.

"러시아가 간도 놈들에게…….."

"글쎄, 러시아가 무기를 대주었을 수도 있고, 우리가 모르는 비자금을 동원해 놈들이 무기를 사서 썼을 수도 있고… 어쨌든!"

하세가와는 혼잣말인지 누구한테 하는 말인지 분간하기 어려운 말투로 중얼거리더니 천천히 이토 쪽으로 고개를 돌렸다.

"통감 각하, 이건 전쟁입니다. 토벌전이 아니라."

이토는 무겁게 고개를 끄덕였다.

"그렇구려. 우리 일본군과 똑같은 전력을 가진……적 대군과 말이오."

"그렇습니다. 이제 우리 일본은 안이하게 대처한 대가를 톡톡히 치르게 될 겁니다."

"사령관, 그럼 내일 일은 어찌해야 하겠소?"

"할 일은 해야지요. 시위대 놈들까지 날뛰어 여기까지 혼란에 빠지게 되면 이제 우리 목숨까지 위태로워질 테니까요."

"그럼 비상시국이니 내일 한황의 출타를 막아야 하지 않겠소? 그가 또 해괴한 일을 벌이면 어떡하오?"

하세가와는 세차게 고개를 흔들었다.

"아닙니다. 한황이 없어야 적의 반발도 적을 겁니다."

"흠, 그럼 호위 병력이라도 교체합시다. 비상시국이니 우리가 직접 호위해야 안전을 보장할 수 있다고 통보

하겠소."

"좋습니다. 어쨌든 눈앞에 있는 과제 중 어느 하나라도 해결해야 조금 마음을 놓을 수 있을 겁니다. 그리고 부관, 당장 본국으로 보낼 전문을 작성하게. 오늘 벌어진 일에 대한 보고서를 만들고, 더불어 가급적 빠른 시일 내에 대책을 마련해 달라는 내용도 삽입해 넣게."

빠른 속도로 명령을 내린 하세가와는 다시 시선을 니시지마 6사단장에게 돌렸다.

"니시지마 사단장?"

"……."

"사단장!"

무슨 생각에 빠져 있는지 니시지마는 하세가와 사령관이 자신을 부르고 있다는 사실도 인지하지 못했다.

"야! 니시지마 군!"

"아… 네, 네!"

아직까지 넋이 빠져 있는 니시지마의 모습에 하세가와는 몹시 못마땅한 눈초리로 노려보았다.

"정신 차리시오! 사단장이 그런 모습을 보이면 되겠소?"

"죄, 죄송합니다."

"그래, 이 상황에서 어떻게 대처해야 하겠소?"

"그게……."

탕!

하세가와는 주먹으로 책상을 세차게 내려쳤다. 자신보다 상관인 이토가 있는 자리임에도 이때까지 쌓여온 그의 분노가 드디어 무의식적으로 폭발한 것이다.

"아무 생각이 없으시오!"

그제야 정신이 들었다는 듯, 니시지마는 벌떡 일어났다. 비로소 분위기를 파악한 것이다.

"아, 아닙니다!"

"생각해 봅시다. 평강에서 내려오는 적 여단 병력을 그냥 놓아두실 셈이오?"

"아닙니다. 당장 원군을 보내겠습니다."

"그럼 평안도는?"

"그쪽도 원군을……."

처음엔 그토록 당당한 태도를 보이다 이제 거의 바보가 되어버린 후배의 모습을 보게 되자 하세가와는 슬며시 동정심이 우러나왔다. 자신도 한때 저러지 않았던가.

"평강엔… 반쪽이 난 연대의 나머지 2개 대대 병력을 보내시오. 오늘 중으로 당장 출발해야 할 거요. 내가 연천 수비대에게 후퇴를 명할 테니, 연천 남쪽의 적당한 지점에서 방어선을 형성하라 명령하시오. 거기가 뚫리면 이제 한성에서 싸워야 할 거요. 그러니 이 부대는 적도들을 토벌하는 게 아니라 지키는 게 임무란 말이오. 알았소?"

"아, 알겠습니다."

"그리고… 용산에 주둔하고 있는 나머지 연대 병력은 경의선을 이용해 평안도로 보내시오. 적이 평양 근처에도 출몰했다 하니 가급적 빨리 보내야 하오. 안 그러면 평안도에 주둔하고 있는 우리 군은 거의 전멸을 면치 못하게 될 거요. 아울러 전라도와 경상도에 보낸 여단 병력을 빠른 시일 내에 한성으로 불러 올리시오. 지금 지방의 유약한 폭도 무리가 문제가 아니외다. 우리가 무슨 일이 있어도 지켜야 할 곳은 인천에서 한성에 이르는 길이오. 그래야 제물포항을 통해 증원군을 받을 수 있지 않겠소?"

"알겠습니다, 각하!"

"그러면 내일 일을 담당할 병력이 부족하지 않겠소?"

"탄약고를 우리가 사전에 점거해 버리면 설사 놈들이 극도로 반발하는 상황이 일어나더라도 주차군 병력만으로 능히 진압이 가능할 겁니다. 물론 6사단 병력이 뒤를 받치면 더욱 쉬웠겠지만, 어쩔 수 없습니다."

"흠, 알겠소이다."

하세가와는 빠르게 상황을 정리해 나갔다. 이 자리에 있는 모든 이는 하세가와의 조치에 긍정의 뜻을 표했다. 그의 계획이 매우 극단적이긴 하지만, 지금은 그런 방식으로 접근하는 게 옳다고 판단했기 때문이다.

하세가와는 사령관으로 취해야 할 조치가 마무리되자 깊게 한숨을 쉬었다.

"휴, 앞으로 대체 어떻게 돌아갈지……."

한국의 외교권을 빼앗고 통감부를 설치했을 때만 해도 모두가 한국 병탄이 머지않았다고 자신했다. 하지만 이제 거센 역풍을 맞게 되었다. 본격적인 한일전쟁이 시작된 것이다. 적의 수도를 점령하고 적 수장까지 손에 넣었건만, 한국은 아직 건재했다. 아니, 사실 일본이 반드시 거쳐야 할 과정, 즉 전쟁이란 과정을 생략한 게 문제였다.

실제 역사는 그런 뉘앙스를 물씬 풍기는 방식으로 기술됐다. 대한제국은 큰 저항 없이 일본에 쉽게 병탄되었다는 방식 말이다. 아마도 한국인들의 인종적 무능함과

자기비하 의식을 조장하기 위해 그렇게 왜곡시켰을 것이다.

하지만 여러 의미 있는 기록들—국내외에서 새로 발굴된 여러 문서들과 자료—을 종합해 보면, 정미의병 이후, 즉 시위대와 진위대의 봉기 이후 전국 곳곳에서 엄청난 수의 의군들이 모였고, 최소 2년 이상 셀 수 없을 정도로 많은 전투를 치렀다는 사실이 드러난다.

한마디로 한일전쟁이라 부를 만한 사건이 존재했다 말해도 과언은 아닌 것이다. 단지 전선이 형성되지 않았다는 이유로 그걸 전쟁이 아니라고 하면 할 말이 없지만 말이다.

그리고 간도진위대가 일으킨 변화는 그 사건의 발생 시기를 조금 더 앞당기고 더 규모를 키운 것이라 할 수 있었다.

"꼭… 문록, 경장의 역이 되풀이되는 것 같지 않습니까?"

일본은 임진왜란과 정유재란을 당시의 연호를 따서 '문록·경장의 역(文綠·慶長의 役)'이라 불렀다. 그때 왜군 장수들은 자신들의 사고방식대로 조선 또한 수도만 함락시키면 전쟁이 끝날 거라 생각했다.

하지만 조선은 전혀 그런 나라가 아니었다. 그때, 선조들이 느꼈을 당혹감이 하세가와 자신에게도 전이된 듯한 느낌이 든 모양이다. 그의 말을 끝으로 모두가 무거운 침묵 속으로 빠져들었다.

제5장

그날 아침

저녁 무렵, 여름 한낮의 무더위가 물러나고 기온이 조금 선선해지자 거리는 활기를 되찾기 시작했다. 어떤 일이, 어떤 역사적 사건이 불현듯 이 거리를 덮친다 해도 민초들의 삶은 늘 그랬다.

역사적 사건이란 그저 지속되고 반복되는 일상의 반듯한 길 위에 툭툭 불거져 나오는 돌부리와 같은 것.

그러나 그게 새로운 시대정신을 낳고 새로운 삶의 환경을 만드는 일대 사건이라면 민초들 또한 일상적 사고에서 벗어나 그날을 기억하게 되리라.

그것이 바로 시간과 역사의 마디이며, 그 마디마디 사

이에 놓인 시간의 틈이 바로 일상일 것이다.

오늘 역시 그저 그런 저녁 일과를 보내고 있는 백성들도 요즘 들어 이 한성에 심상치 않은 기류가 흐른다는 것을 본능적으로 감지하고 있었다.

민우가 거주하고 있는 안가는 그 흐름의 진원지였다. 물론 그런 사실을 아는 이는 거의 없지만 말이다.

"후후, 놈들의 움직임이 분주한 걸 보니, 13도 의군의 이번 작전이 제대로 먹힌 모양이던데? 용산이 아주 시끄럽더라고."

"어휴, 정말 다행이죠. 그간 얼마나 마음 졸였는지. 이 중요한 때에 도청 장치가 말썽이라니."

민우는 계속해서 한성 주둔 일본군의 동향에 촉각을 곤두세우고 있었다. 그리고 새삼 느꼈다. 실시간으로 정보를 얻지 못하고 있는 상황에서 계획을 세운다는 게 얼마나 답답한 일인지를.

"오늘 중으로 출진할 것 같습니까?"

"그럴 태세야."

"통감부의 움직임은 어떻습니까?"

"놈들 잔뜩 모여 회의하는 모양인데, 할 얘기가 많은지 끝이 안 나네?"

민우의 물음에 경정민 대령이 답했다.

"어쨌든 각본대로 돌아가고 있으니 우리도 오늘 밤부터 배치에 들어가죠."

말을 마친 민우는 정재관과 최란, 송선춘 등에게 차례로 눈길을 주었다. 민우의 눈꼬리가 살짝 떨렸다.

"그럼 아우, 앞으로 한성 일을 잘 부탁하네."

"뭘 걱정이 많기에 그리 얼굴이 굳어 있소?"

정재관은 살짝 무거워진 분위기가 마음에 안 드는지 퉁명스럽게 답했다.

"걱정이지. 무력을 담당하던 간도 요원들이 모두 떠나는데… 하여간 이제부터 몸 좀 사려가며 일 하라고! 정보만 꼬박꼬박 챙기고 말이야."

"알았소. 내 몸 내가 잘 챙길 테니."

"후, 생각 같아서는 간도로 데려가고 싶지만……."

"이미 끝난 얘기요. 한성의 정보 조직이 와해되면 어쩌려고 그러시오?"

반박할 수 없는 대답에 무겁게 고개를 끄덕인 민우는 정재관에게서 시선을 거둔 다음, 최란을 바라보았다.

"떠날 준비는 다 했고?"

"네, 오라버니."

"송 주사도?"

"물론이네. 무기까지 다 챙겨놓았네."

"좋아, 그럼 마지막 저녁이나 맛있게 먹자고. 먹어야 일을 하지!"

진지한 분위기는 자신과 안 맞는다는 듯, 다시 평소의 민우로 돌아왔다.

*　　　　*　　　　*

이른 새벽, 아직 어둠이 가시지 않았는데도 경운궁엔 불이 환하게 밝혀졌다.

황귀비 엄씨를 비롯해 황태자와 영친왕 등의 황실 식구들에 이어 내관과 나인들에 호위병까지 모이자 중명전 앞뜰이 오랜만에 북적거렸다.

이윽고 황태자를 필두로 황자들의 아침 문안 인사가 끝나자 황실 행렬은 줄줄이 중명전을 나서기 시작했다. 그리 먼 길도 아니지만 황실의 행차다 보니, 행렬의 줄도 길고 화려하기 그지없었다.

황제는 어가 안에서 살며시 눈을 감았다. 간밤에 뜬눈으로 지샌 여파일까? 살짝 어지럼증도 느껴졌다.

이미 민우로부터 지금쯤 북쪽에서 수많은 병사들이 일본군과 전투를 시작했을 거란 얘길 들었다. 그리고 이제 자신의 차례가 온 것이다. 오랫동안 그토록 염원했던 일이 바로 오늘 이뤄지는 것이다.

황제는 상념을 털어버리고 헤드셋 무전기를 착용했다. 역시나 얼마 지나지 않아 민우의 목소리가 귀에 들어왔다.

— *폐하, 신 고민우이옵니다.*

"오, 고 국장."

황제는 반가움에 목소리가 자신도 모르게 크게 흘러나왔다는 사실을 깨닫고 살짝 목을 움츠렸다.

— *저와 특전대원들이 어가 행렬을 따르고 있으며, 일부는 이미 창덕궁 후원 북쪽 숲에서 대기하고 있습니다. 그러니 안심하소서.*

"알겠네. 그런데 조금 변화가 있는 모양이네. 호위병들이 전원 일본군으로 바뀌었다네."

— *흠, 신들 또한 조금 상황이 달라졌다는 걸 눈치채고 있었습니다.*

"사태가 위중하다 느낀 모양인지, 새벽에 군부 고문과 궁내부 고문이 찾아와 일본군이 행렬을 호위해야 한다고 우겨 대더군. 그래서 걱정일세. 혹시 이 일로 계획에 차질이 빚어지지는 않을지."

— 폐하, 오히려 잘된 일이옵니다. 호위대 중 변절한 자를 일일이 가려 처단하는 게 더 힘든 일입니다.

"그렇다니 다행이로다. 그런데 어새를 찾아올 수 있겠나?"

— 물론이옵니다. 그쪽에도 특전대원들이 대기하고 있사옵니다.

"후후, 짐이 어새를 가져가지 못하도록 어찌나 닥달하던지… 놈들 속이 뻔히 보였지만, 그냥 못 이기는 척 응해주었다네."

— 이미 예상했던 일이옵니다. 신들이 반드시 되찾아 오겠나이다.

"알았네. 그럼 창덕궁에서 보세나."

황제는 무전을 끊고 다시금 눈을 감았다.

황제의 어가 곁에는 최병주와 김현준 등의 측근들이 배치되었고, 시종 무관장인 조동윤(趙東潤)과 궁내부 고문 가토 등이 앞에서 행렬을 이끌고 있었다. 그리고 한국 주차군에서 차출된 일본군 1개 소대 병력이 행렬 곳곳에 배치되어 호위를 하고 있었다.

어가 행렬이 모두 빠져나가 이제 시야에서 보이지 않게 되자 경운궁이 다시 북적거리기 시작했다. 경무 고문 마루야마와 군부 고문 노즈가 헌병 몇 명을 이끌고 궁으로 진입한 것이다.

그들은 곧바로 중명전으로 향하더니, 그곳을 지키는 경비병들에게 다가갔다. 그다음은 당연히 경비병들이 일본군을 제지하는 일이 벌어져야 했다.

하지만 오늘은 달랐다. 호위대를 지휘하는 장교와 병사들은 일본군을 환대하는 듯한 모양새를 취하고 있었다.

"후후, 놈들… 저럴 줄 알았지."

"어련하겠습니까. 저 호위병 놈들. 장교부터 사병까지 다 살생부에 오른 놈들 아닙니까?"

중명전 근처, 잎이 무성한 나무 위에 올라가 몸을 숨기고 있던 진아람 대령과 연준희 소령은 혀를 끌끌, 찼다.

대한제국의 군부를 장악한 일제가 오늘 중명전의 호위병을 모두 매수된 자들로 배치한 것이다.

"시간 끌어 좋을 것 없지. 바로 처리하자고. 저 한국인 장교 놈과 일본인 고문 둘만 빼고."

"넵!"

진아람 팀장은 헤드셋으로 곳곳에 몸을 숨기고 있는 팀원들에게 목표물을 다 지정해 준 후, 바로 명령을 내렸다.

"자, 간다! 하나, 둘, 셋."

푸슝! 푸슝! 푸슝!

소음기를 단 열 정의 저격총이 동시에 불을 뿜었다. 적과 호위대 병력이 동시에 쓰러지자 진아람은 바로 나무에서 뛰어내리더니 빠르게 현장으로 다가갔다.

"손들어! 움직이면 쏜다!"

그의 총구 앞에는 일본인 고문인 노즈와 마루야마, 그리고 오늘 중명전의 호위 책임을 맡게 된 민중식(閔仲植)이 몸을 벌벌 떨며 납작 엎드려 있었다.

"다른 놈들은 그렇다 치고! 넌 일단 한 대 맞고 시작하자!"

진아람은 민중식의 머리를 개머리판으로 내려쳤다.

"어억!"

"아프냐, 이 썩을 놈아!"

"그, 그대는 누, 누구시오?"

"나? 너 같은 매국노 버러지들을 밟아 죽이러 저승에

서 건너온 저승사자다! 이 개자식아!"

민중식은 내년에 벌어질 시위대의 해산 과정에서 철저하게 일본의 앞잡이로 활동한 시위대 장교였다. 1907년 8월 1일 아침, 대대장 서리였던 그는 하세가와의 관저에 다녀온 후 일본인 교관에게 군대 해산식장으로 갈 사병들에게 일체 군대 해산에 대한 사실을 알리지 않고 훈련원으로 간다고 속이겠으니 그리 알라고 말했다.

또 이후 봉기 과정에서 사병들이 무기고를 부수고 총부리를 돌리자 민중식은 일본인 교관을 남문으로 인도해 도망치게 한 후, 자신도 담을 넘어 민가에 몸을 숨겼다고 했다.

원래 역사대로라면 그는 지금쯤 시위대가 아닌 진위대 정위로서 대대장 직을 맡고 있었을 것이다. 하지만 진위대가 해산된 덕택에 시위대의 대대장 서리란 직책을 갖게 되었다.

특전대원들은 일본인 두 고문과 민중식을 꽁꽁 묶었다. 그리고 그들이 가져온 서류와 황제 몰래 날인하려 했던 어새도 챙겼다.

"허허, 수고하셨소이다."

"아! 오셨습니까, 박 참령님."

이미 약속된 모양인지 박승환 참령이 그들의 곁으로 다가왔다. 그는 민중식의 얼굴을 보자 그냥 지나칠 수 없었는지 한마디 했다.

"이놈아, 나라를 팔아서 무슨 부귀영화를 누리겠다고 이런 짓거리를 하느냐?"

민중식은 벌벌 떨면서도 그래도 친분이 있는 박승환에게 눈물로 호소했다.

"자, 잘못했소, 대대장. 제발 목숨만은 살려주시오. 그럼 죗값을 치르고 나라를 위해……."

"이미 늦었다. 앞으로 몇 시간 동안 숨을 붙여놓을 테니, 이승과 하직할 준비를 하거라. 그리고 저승에 가거든 반드시! 속죄를 하거라."

"박 참령, 제발 살… 억!"

민중식의 목소리가 커지자 대원들이 그를 두들겨 팼다.

"시끄러!"

"뭘 잘했다고 소리치냐! 앙!"

대원들은 결국 포로들의 입에 재갈을 물려 버렸다.

"허허, 이제 한 고비를 넘었소이다. 그럼 그 서류를

제게 주시오."

박승환은 서류를 펼쳐 읽어보더니 너털웃음을 지었다.

"허허허, 이거… 분명 이토 놈이 작성했을 것이오. 문장에 온갖 미사여구가 가득하구려."

실제 그날도 그랬다. 대한제국의 군대 해산을 명하는 문서를 작성한 이는 이토였다. 그리고 당시 순종 황제를 겁박해 그 문서에 날인하게 했다고 한다.

*   *   *

'정벌' 작전을 수행 중인 서부 전선의 4사단과 5사단은 아직 일본군과 만나지 못했다.

함흥식 대령과 김원교 중령이 이끄는 4사단의 7연대와 18연대는 길림에서 장춘을 향해 진군하며 도중에 있는 여러 마을들을 점령해 나갔다.

또 서정인 대령의 12연대는 이제 막 서안을 점령한 후, 다른 부대와 호흡을 맞추려 잠시 진군을 멈춘 상황이고, 최군칠 중령의 22연대는 해룡성을 우회한 후 개원을 향해 진군하고 있었다.

5사단의 13연대는 철령을 눈앞에 두고 있었고, 19연대는 무순(撫順)을 점령했다. 이 지역은 러일전쟁 당시 일본군과 러시아 군이 치열하게 전투를 벌였던 바로 그곳이다.

연대장들 중 김원교와 더불어 가장 젊은 장교인 현홍근이 무순을 둘러보며 도래인 출신의 참모 윤민상에게 질문을 던졌다.

"윤 소령, 주정부에서는 왜 이곳에 그리 관심이 많은 것이오?"

"이 지역이 자원의 보고라 들었습니다."

윤민상은 대답과 더불어 손을 들어 근처 언덕을 가리켰다.

"보이십니까? 저~기 저 검은 띠들이?"

"흠, 보이오만……."

"저게 바로 석탄입니다."

"호오, 정말이오? 보통 석탄은 땅굴을 파고 들어가야 취할 수 있다 들었소만?"

"그래서 이곳이 중요한 거지요. 이곳은 노천 탄광이라 그저 퍼 담기만 하면 된답니다. 게다가 석탄의 질이 아주 좋다고 합니다. 그러니 우리가 그렇게 눈독을 들인 겁니다. 물론 왜놈들도 이곳에 관심이 많다 들었습니다."

실제로 일본은 무순 탄광 채굴권과 남만주 철도 부설권을 받아낸 대가로 간도협약을 맺어 간도를 청나라에 넘겨 버리게 된다.

"그나저나 이제 봉천이 코앞 아니오? 다른 연대들의 소식이 궁금하오만."

"죄송합니다만, 지금은 무전이 터지지 않아 알 수가 없습니다. 그저 계획대로 약속한 날짜에 움직이는 수밖에 없습니다."

전선이 길어지면서 이처럼 통신이 두절되는 일이 자주 발생했다. 그래서 사령부는 각기 디데이를 정해주고 약속된 날짜에 공격하라는 예비 명령 또한 내린 상태였다.

"그래도 13연대가 철령 근처에서 진지를 구축했다는 소식은 들었습니다."

"다행이오, 어쨌든 봉천 공략전을 함께해야 할 부대와 연락이 된다는 것은."

이들보다 남쪽에서 작전을 펴고 있는 김이걸 중령의 23연대는 소규모 전투 끝에 흥경과 본계를 점령했다.

유서 깊은 도시인 홍경엔 소규모 청국군이 주둔하고 있었고, 본계도 마찬가지였다. 하지만 압도적인 화력을 자랑하는 간도군의 연대 병력을 저들이 당해낼 재간은 없었다.

신치옥 중령의 25연대 본대는 환인과 관전(寬甸)을 점령한 후, 안동을 향해 계속 전진하고 있었고, 본대에서 갈라져 나온 1개 대대 병력은 압록강 북안을 따라 계속 서진하며 혹시 있을지 모를 일본군이나 점산호들을 토벌할 계획이었다.

✻   ✻   ✻

투다다다!

펑! 펑!

"야! 고개 숙여!"

펑!

"이크!"

자리를 바꿔 앉는답시고 무심코 상체를 들었다 분대장의 불호령에, 또 그와 동시에 적의 총탄이 머리 위를 스쳐 지나가자 자라목 집어넣듯 얼른 웅크려 앉는 한 병사.

아직 날이 밝지 않아 적의 총구에서 나오는 불빛이 선명하게 보였다.

"아! 썅! 미치겠네."

1연대 3대대 소속의 소위 계급을 단 중대장—장교가 부족하다 보니 소위가 중대장을 맡는 경우가 허다했고, 소대장은 부사관이나 병장이 맡는 경우도 흔했다—은 입에서 욕지거리를 내뱉었다. 예상을 벗어난, 적의 강력한 저항 때문이었다.

"중대장님, 대대에서 연락이 왔습니다! 날이 밝은 후, 다음 포격이 있을 때까지 현재 위치를 고수하고 움직이지 말라고 합니다!"

"젠장, 움직이고 싶어도 못 움직일 판이다."

그 말과 더불어 중대장은 즉시 부하들에게 능선을 엄폐물 삼아 자리를 잡으라고 명령했다.

만주 서부나 함경도 전선과 달리 연해주 북쪽으로 진출한 간도군은 상대적으로 고군분투하고 있었다.

처음 박격포와 K—9 자주포로 상대의 기선을 제압하고 첫 번째 능선의 적을 가볍게 제압했을 때만 해도 쉽게 승리하리라 예상했다.

하지만 러시아 국경 쪽이다 보니 적들의 방어선이 매우 단단한 게 문제였다. 포탄에도 끄떡없는 유개호가 많고, 배치 또한 효율적으로 이뤄진 상태였다.

1연대장 홍순우는 당황한 기색이 역력했다. 험한 산악 지대에 지그재그로 배치된 적 방어선에 부딪치자 모든 전선에서 전진이 멈춘 것이다.

그나마 다행인 것은 최초의 포격 때 적의 포대를 모두 무력화시켜서 이쪽이 포격을 당할 염려가 없다는 것 정도였다.

"쯧, 그 엄청난 포격에도 살아남은 진지가 이리 많을 줄이야. 할 수 없지. 차근차근 점령해 가는 수밖에."

홍순우는 무모하게 전진하다 희생자를 내는 일을 가장 경계했다.

"자, 이곳과 이곳에 박격포를 집중적으로 쏟아붓고, 또 포격 전에 저격수와 RPG—7, 팬저 파우스트 사수들에게 야간 투시경을 보급시켜 미리 전방으로 나가 자리 잡게 하고……."

홍순우는 상대적으로 높은 고지에 자리 잡은 적의 유개호를 지도에서 찾아 표시한 후, 손가락으로 하나둘 짚어 나갔다.

"그리고 여기 1중대는 이곳을 우회해 적의 측면을 치라 하고."

"네, 알겠습니다."

"9연대 소식은?"

"수월하게 적 전선을 돌파했답니다. 곧 자루비노를 친 후, 이쪽으로 오겠다고⋯⋯."

"흠, 창피한 일이지만, 9연대가 옆구리를 찌를 때까지 기다릴까?"

하지만 홍순우는 이내 머리를 세차게 흔들었다.

"일단 해보는 데까지 해봐야겠지."

1사단의 진군로는 네 갈래였다. 그중 설경태 대령이 지휘하는 제9연대 병력은 일종의 증원군이나 다름없었다.

1연대 바로 밑에서 나란히 연해주로 진입한 9연대는 자루비노가 목표였다.

일본군 15사단의 배치 형태를 봤을 때, 이곳은 거의 구멍이나 다름없었다. 적이 몇 개 대대씩 짝을 지어 대규모로 배치된 곳은 이곳 러시아 국경지대와 연추의 크라스키노, 두만강 변 정도였고, 다른 곳은 띄엄띄엄 중대 규모의 병력을 배치해 그나마 알량한 방어선을 형성한 상태였다.

그러니 9연대가 공격한, 자루비노와 연결되는 산악 지대는 상대적으로 적의 수가 적을 수밖에 없었다.

크라스키노를 공격하고 있는 이명학 대령의 8연대 또한 1연대와 마찬가지로 교착상태에 빠졌다. 아무래도 적 사단 사령부가 있는 곳이다 보니 이곳 적들의 전력도 만만치 않았던 것이다.

하지만 두만강 쪽 전투는 거의 결판이 난 상황이었다. 양광한 대령이 지휘하는 1사단 10연대와 해병대 2연대 병력이 두만강의 양쪽 강변을 따라 동시에 공격해 대니 적들은 금방 패퇴할 수밖에 없었다.

연해주 쪽 두만강 변에 배치된 일본군은 10연대 병력에게 기습 공격을 당해 수많은 사상자를 내고 크라스키노 쪽으로 후퇴했고, 해병대가 친 함경도 쪽 두만강 병력들 역시 동해안을 따라 청진 쪽으로 후퇴하고 있었다.

그로 인해 일본군 15사단 병력은 육지 쪽으로 연결된 퇴로를 완전히 봉쇄당하게 되었다. 거기다 포시에트 항에서 배까지 빼앗겼으니, 이곳의 일본군은 연해주에 완전히 갇힌 꼴이 되었다. 이 상황에선 그저 사력을 다해 저항하는 수밖에 없었다.

　날이 밝기 직전, 1연대장의 막사로 청년 두 명이 찾아왔다.

　김구와 신채호였다.

　두 사람은 허리를 깊이 숙이며 최대한 공손한 태도로 홍순우에게 예를 표했다. 전장에서 적과 싸우고 있는 군인에 대한 존경심의 표현이었다.

　"오, 어서 오십시오."

　홍순우는 활짝 웃으며 이들을 환영했다.

　"저희가 방해를 하는 것은 아닌지 모르겠습니다."

　"괜찮습니다. 사령부에서 두 분이 오신다는 얘긴 이미 들었습니다."

　두 위인을 자리로 안내한 홍순우는 현재 전황에 대해 간략하게 들려주었다.

　"창피하지만, 생각보다 적의 방어선이 두터워 진격을 멈춘 상태입니다."

　"그럼 아군 측에서 사상자도 나왔습니까?"

　"아직 없습니다. 적의 반격이 시작되자마자 수세로 전환했지요. 게다가 야간에 진행된 전투라……."

그의 말대로 일본군은 야간 전투에 익숙지 않았다. 적이 보이지 않으니 그저 전방을 향해 난사한 꼴이라 사상자가 나오지 않은 것이다.

"자, 그럼 작전 시간이 임박했으니 같이 나갑시다. 이막사 뒤편의 구릉에 오르면 전장이 잘 보일 겁니다."

홍순우는 두 사람에게 망원경을 건넸다.

날이 어슴푸레 밝아오자 1연대의 공격이 다시 재개됐다. 공격 목표를 다시 설정한 박격포들이 적의 참호를 집중적으로 때리기 시작했다.

쒸웅!

펑! 펑! 펑!

또한 미리 전방에 나가 몸을 감추고 있던 저격수와 RPG 및 팬저 파우스트 사수들도 박격포의 사격으로 적들이 혼란에 빠진 틈을 이용해 몸을 드러내고 사격을 개시했다.

능선에 자리 잡은 보병들은 사격에 참여하지 않은 채 그저 떨리는 마음으로 전장을 주시하고 있었다.

잠시 후, 일선 소대장들도 병사들에게 명령을 전하기 시작했다.

"자, 1분대와 2분대는 전진하고, 3, 4분대는 엄호를 맡는다!"

소대장의 지시가 떨어지자 병사들은 빠르게 능선을 내려가기 시작했다.

1, 2분대가 몸을 엄폐할 수 있는 돌과 나무를 징검다리 삼아 전진해 자리를 잡은 후, 적 참호를 향해 총탄을 날리기 시작했다. 그에 3, 4분대도 곧바로 능선을 타고 내려가기 시작했다.

탕! 탕! 탕!

전진하는 병사들의 눈에 적 참호의 모습이 점차 뚜렷이 보이기 시작했다. 그리고 적의 사격이 전혀 없다는 사실도 이내 깨달았다.

전방에서 RPG 사수와 저격수가 흰 이를 드러내며 이쪽을 향해 손을 흔드는 모습이 눈에 들어왔다.

소대장은 마주 웃으며 병사들에게 경계 대형을 유지한 채 천천히 전진하라 명령했다.

그래도 모르는 일이라 조심스레 적 참호에 접근한 병사들.

재빨리 측면으로 돌아가 문을 걷어차 열어보니, 역시나 적들은 모두 죽어 있었다.

"하하! 제가 한 방에 다 보내버렸소!"

"뭔 소리야! 그래도 살아 있는 놈이 있어서 내가 처리했구먼."

소대장은 이들의 얘길 듣자 일의 전말을 짐작할 수 있었다.

"잘했다. 다들 수고했네."

소대원들도 두 사람에게 다가가며 다들 치하하는 말 한마디씩을 건네주었다.

"자, 대대에서 다음 지시가 내려왔다. 이 능선을 따라 적의 측면을 친다. 놈들은 지금 전방만 신경 쓰고 있을 테니까, 몰래 접근해 한 방씩 먹여주자고!"

"네! 알겠습니다, 소대장님."

첫 목표물을 점령한 직후라 병사들의 사기는 드높았다.

홍순우의 작전은 적의 모든 참호를 동시에 치는 게 아니었다. 상대적으로 고도가 높은 지역에 자리한 몇 개 참호를 집중적으로 공격해 빼앗은 다음, 적의 측면을 치는 전략을 구사한 것이다.

물론 그 외의 참호는 아군이 계속 견제 사격을 하고

있었다.

번거롭게 이런 작전을 편 이유는 무장이 예전만 못하기 때문이었다. 병력이 엄청나게 늘어나자 분대 단위로 지급했던 K11도 중대 단위로 한두 정 배치해야 했고, 박격포의 수도 부족했다.

그나마 K—3만큼은 분대 단위로 한 정씩 지급해 적의 혼을 쏙 빼놓는 역할을 충실히 수행하고 있었다.

이번 작전은 대성공이었다. 몇 개의 거점 참호를 점령한 후, 그곳을 교두보 삼아 측면을 치자 일본군은 금세 지리멸렬했다. 빠르게 결단해 참호를 버리고 후퇴한 적도 있었다.

"후, 아직 몇 개 고지가 더 남았으니."

점령한 능선에 올라 환호하는 병사들을 바라보며 홍순우는 안도의 한숨을 내쉬었다.

"연대장님, 경하드립니다. 정말 수고가 많았소이다."

"제가 무슨. 병사들이 잘해준 거죠."

김구와 신채호는 만면에 희색을 띠며 언덕을 내려오더니 들뜬 음성으로 홍순우에게 얘기를 하기 시작했다.

"병사들의 움직임이 아주 일사불란하더이다."

"열심히 훈련한 덕분입니다."

"내 모름지기 전투라 하면 총만 쏘는 줄 알았소. 그런데 이렇게 다양한 무기를 쓰는 줄 처음 알았소이다."

"그렇습니다. 전투란 게 그렇죠. 정보와 부대 간 통신, 전술, 무기 등이 조화를 이뤄야 이길 수 있죠."

"음, 정보와 통신에… 전술과 무기의 조화……."

김구와 신채호는 마치 기자가 되기라도 한 듯, 홍순우의 말을 열심히 받아 적으며 질문을 던졌다.

"허허, 많이 배웠소이다. 내 오늘 전투 장면을 세세히 글로 지어 우리 백성들에게 널리 알리겠소."

"고맙습니다, 단재 선생. 그리고 백범 선생."

신채호와 김구의 눈빛이 초롱초롱 빛났다. 비록 전투에 참여하지는 못했지만, 그래도 역사의 현장을 지켜보고 그 증인이 되었다는 게 뿌듯한 모양이었다.

*　　　*　　　*

황제의 어가 행렬은 이내 창덕궁 경내로 들어왔다. 황제는 어가에서 내리더니 곧바로 황족들을 이끌고 후원으로 향했다.

"폐하, 어찌 숨도 돌리지 않으시고 후원으로 행차하시옵니까?"

시종 무관장인 조동윤(趙東潤)이 이례적이란 표정으로 황제에게 물었다.

"더워서 그러네. 잠시 후원에서 황족들과 땀을 식힐 터이니, 시원한 물이라도 내오시오."

황제는 마치 벌레를 보는 듯한 표정으로 조동윤을 바라보았다. 마치 '네놈이랑 말도 섞기 싫다'고 말하는 듯한 표정이었다.

하지만 조동윤의 표정은 변함이 없었다. 늘 그래왔기에.

황제는 챙이 좁은 갓에 흰색 두루마기 차림을 하고 있었다. 공식적인 자리라면 당연히 곤룡포를 입었겠지만, 평상시의 그는 이런 차림을 즐겨 했다.

누가 보면 일반 백성과 구분하기 어려울 정도의 차림새였다. 또 실제 그렇기도 했다. 후세에 몇 컷 전해진 사진 속에서 그는 이런 차림을 하고 있었다.

황제는 주변을 휘휘 둘러보았다.

호위병들이 곳곳에 포진해 주변을 지키고 있는 모습이 눈에 들어왔다.

— 폐하, 호위병들을 한데 모으소서. 황족분들과 저들이 섞여 있으면 위험합니다. 소신의 말을 들으셨다면 신호를 주소서.

귀에서 민우의 음성이 들려오자 황제는 안심이 되는지 입가에 미소가 감돌았다. 황제는 고개를 두어 차례 끄덕였다.

"가토 고문, 소대장을 불러주게."

"네, 폐하!"

호위를 맡은 일본군 소대장이 황제 앞으로 불려왔다. 그에 조동윤 또한 무슨 일인가 싶어 황제 앞으로 다가왔다.

"짐을 호위하느라 고생들 많았네. 내 다과를 준비했으니 편히 앉아서 들라 이르게."

"폐하, 저들은 호위를……."

조동윤이 끼어들자 황제는 손을 들어 제지했다.

"걱정 말게. 여기가 어딘가? 이곳에 짐을 해할 이가 있겠나? 걱정 말고 잠시라도 편하게 휴식하라 하게."

"그래도……."

"어허! 짐의 명령을 거역하겠다는 말인가?"

"아, 알겠습니다, 폐하."

조동윤이 보기에도 이곳 창덕궁 후원에서 무슨 일이 벌어질 리는 없을 것 같았다. 그래도 미심쩍어 몇 명은 숲 쪽을 지키게 하려 했지만, 황제가 또다시 고집을 부렸다.

"그럴 필요 없다 하지 않았나! 다과를 드는 데 얼마나 걸린다고 그러나!"

오늘따라 일본군 병사를 배려하는 황제의 태도가 이상했지만, 황제의 기분 탓이라 여겼다. 이른바 비원이라 칭해진, 창덕궁 후원의 고즈넉한 분위기와 신선한 공기가 황제의 기분을 풀어주었다 생각한 것이다.

다과가 나오자 일본군 호위병들이 한자리에 모였다. 안 그래도 출출했는지 일본군은 희희낙락하며 맛있게 먹어 댔다.

그때였다.

푸슝! 푸슝!

"윽!"

"아악!"

사방에서 총탄이 날아오기 시작했다. 총알을 이마에 맞은 놈은 비명을 지를 새도 없이 절명했고, 가슴이나 다른 부위에 맞은 자는 단말마 같은 비명을 질러 댔다.

소음기를 달아서 그런지, 후원에 있던 사람들은 그저 병사들이 피 흘리며 쓰러지는 장면만 볼 수 있었다. 그래서 사태 파악이 늦었다. 조동윤이나 가토 고문도 마찬가지였다.

모든 병사가 바닥에 몸을 누이는 데 얼마 걸리지도 않았다.

마지막 병사가 쓰러지자 숲에서 특전대원들이 쏟아져 나왔다.

제일 선두 열에 선 것은 민우였다.

민우도 오랜만에 특전대원들처럼 얼굴에 위장크림을 잔뜩 바르고 있었다.

민우는 위장크림을 지우더니 그대로 황제에게 부복했다.

"폐하, 신 고민우 대령했나이다."

"오, 고 국장. 허허, 오랜만에 얼굴을 보게 되는군. 그간 대화는 많이 나눴네만."

"억!"

"으악!"

황제와 민우가 대화를 하고 있는 중에도 옆에서는 비명 소리가 들려왔다. 조동윤과 가토의 처참한 비명 소리였다.

대원들은 황제에게 살짝 목례만 한 후, 곧바로 이들 둘을 붙잡았다. 물론 그 과정에서 폭력도 곁들였다.

비명 소리에 미간을 찌푸린 황제가 시선을 돌린다. 그제야 대원들은 깊이 고개를 숙였다.

"억! 폐하! 이, 이게 무슨 일이옵니까!"

조동윤은 그 와중에도 소리를 지르며 발악을 해 댔다. 일생일대의 위기가 찾아왔다는 생각에 혹시나 밖에서 도와줄 이가 있을까 싶어 소리를 지른 것이다. 하지만 그의 큰 소리는 더 큰 폭력을 불러왔다.

"어억!"

"후후, 우리가 다 확인해 봤거든? 이곳 주변에 아무도 없으니까 소리 질러봐야 소용없다."

경정민 팀장이 악마와 같은 미소를 지으며 낮게 얘기했다.

그때, 시계를 보던 민우가 나섰다.

"폐하, 서둘러야 하옵니다. 저들의 처분을 결정하소서."

"생각할 것도 없다. 죽여라!"

"폐하, 살려주소서! 폐하!"

"시끄럽다. 왜놈의 주구로 살아가기로 마음먹었으면 이런 날이 올 줄도 알았어야지. 앞으로 네놈의 후손들은 반역자 조상을 두었다는 수치심을 안고 길이길이 살아가게 될 것이다."

"폐하!"

경정민은 거침없이 권총집에서 권총을 빼더니, 소음기를 단 후 그의 머리에 댔다.

"네놈한테 잘 가란 말도 아깝다."

경정민은 말이 끝나자마자 바로 방아쇠를 당겼다. 그러고는 바로 가토 고문을 향해 발걸음을 옮겼다.

"가토 고문, 잘 가시오. 짐이 해줄 말은 그거밖에 없소."

아무런 말도 못하고 부들부들 떠는 가토에게 황제는 냉랭한 표정으로 말했다.

황제의 말이 떨어지기 무섭게 가토 또한 조동윤과 같은 신세가 되었다.

민우가 한성에 온 이후, 친일파 인사와 일본인 고위 인사가 처음으로 처형을 당한 사건이 벌어지게 된 셈이다.

창덕궁에서 큰 사건이 발생했음에도 한성의 아침 풍경은 여느 때나 다름없어 보였다.

갓과 두루마기 차림의 시민들이 하나둘 집을 나서고, 관료와 군인들은 복장을 갖추고 평소처럼 출근을 했다.

현영운(玄暎運)도 마찬가지였다. 그는 육군 참장이란 군부 계급도 갖고 있지만, 그보다는 일반 관료에 가까운 인물이었다.

일본어를 배워 일본 측 통역관 역할을 하다 점차 친일파로 변신했다.

그는 대표적인 친일파 관료로서 이토 히로부미의 애첩인 배정자—이중간첩으로 악명이 높았던 여인—와 결혼, 위세를 떨치기도 한 인물이었다.

현영운은 늘 하던 대로 방에서 나와 마당에 있던 가마에 오르려 했다.

그 순간, 현영운의 이마에 빨간 점이 찍혔다.

"억!"

현영운은 그대로 쓰러졌다. 즉사였다.

"젠장, 놈한테는 너무 과분한 죽음이다. 고통도 없이 보내게 되다니. 아쉽군. 쩝."

현영운의 집 근처에 잡아놓은 어느 방의 창문을 통해 저격을 마친 특전대원 한 명이 입맛을 다셨다. 사전 교육을 통해 그의 이력을 낱낱이 알고 있는 터라 특전대원들의 손속에는 주저함이 없었다.

이런 일들이 한성 곳곳에서 벌어졌다.

변절한 시위대의 중대장, 소대장들도 심판을 피하지는 못했다. 지난 몇 주간 저들의 동선을 관찰하며 철저히 준비해 온 터라 어떤 실패도 없었다.

이렇게 출근길에 당한 이들은 모두 친일파 장교들이었다. 현영운처럼 전형적인 군부 인사는 아닐지라도 군부의 계급을 갖고 있는 이들도 모두 처단 대상이 되었다.

육군 참장이자 군부협판—차관 격—인 이희두(李熙斗) 역시 마찬가지였다.

그는 오늘 일어날 일을 이미 알고 있었다. 어제 노즈 군부 고문과 더불어 주차군 사령부로 들어가 하세가와 사령관과 만나 긴밀히 상의를 했고, 적극적으로 도와주겠다 약속도 했다.

그리고 오늘 그 일을 위해 저택을 나와 훈련원으로

향하는 길이었다. 네 명의 호위와 더불어 큰길로 나선 그에게 어느 허름한 차림의 청년이 맞은편에서 다가왔다.

사실 그 청년에게 시선을 줄 일은 없었다. 한성 거리 어디서나 만날 수 있는, 그저 그런 인물이었다.

하지만 이희두는 오늘따라 왠지 그 청년이 눈에 거슬렸다.

청년은 고관대작의 행차를 만나자 예를 갖춘답시고 길옆으로 비켜나 공손히 양손을 모으더니 고개를 숙였다.

이희두는 왠지 모를 안도감을 느끼고 그 청년에게서 시선을 돌리려 했다.

푸슉!

"으······."

팔짱을 낀 청년의 품속에서 반짝이는 불빛을 보았다 싶은 순간, 그의 몸은 땅으로 쓰러지고 있었다.

청년은 뒤도 돌아보지 않고 인파 속으로 파고들더니, 어느 골목길로 사라져 갔다.

약간의 소음과 동시에 상전이 이마에 피를 흘리며 쓰러지는 걸 본 호위들은 영문을 몰라 어리둥절해하다 한

발 늦게 그 청년을 떠올리고는 종적을 쫓으려 했지만, 이미 그의 모습은 찾을 수 없었다.

한국 주차군 사령관의 관저인 대관정(大觀亭). 아침 일찍 이토는 하세가와를 찾아왔다.

"웬일로 직접 납시었습니까?"

"중요한 일이 있는 날 아니오. 현 시국을 생각하니 잠이 오지 않더이다. 하여… 일이 어떻게 되는지 직접 보고 싶었소."

하세가와는 고개를 끄덕였다. 다른 때 같았으면 군부의 일이니 괜히 끼어든다며 속으로 역정을 냈을 것이다.

하지만 때가 때인지라 통감의 마음을 충분히 헤아리고도 남았다.

"저 또한 거의 뜬눈으로 밤을 새웠습니다. 앞으로 벌어질 일을 생각하니 머리가 복잡해서……."

"그런데 왜 아무도 오지 않소?"

"그러게 말입니다."

"지금쯤 노즈 고문은 칙서를 들고 와 있어야 하는 거 아니오?"

"그래서 걱정입니다."

"이희두 군부협판이나 한국군 부대장들은 다 어디에 있소?"

"그들도 아직……."

"어허! 이 사람들이 좀 서두르지 않고!"

이토의 말을 끝으로 두 사람은 입을 다물었다.

시간은 거침없이 흘러갔다.

그리고 시간과 비례해 두 사람의 조바심은 더욱 극에 달하고 있었다.

그러나 그들이 오매불망 기다리는 노즈와 이희두, 한국군 부대장들 중 어느 누구도 나타나지 않았다.

"어허! 왜 이리 늦나!"

"그러게 말이오. 왔어도 한참 전에 와야 하는데……."

하세가와는 아예 자리에서 일어나 주변을 서성거렸다. 조바심이 나기는 이토도 마찬가지였지만, 그는 늘 그렇듯 태연한 척 의자에 앉아 눈을 감고 있었다.

"에잉, 그놈의 문서 한 장 때문에 이런 난리를 쳐야 하다니……."

"후후, 사령관, 정치라는 게 본시 그런 것이라오. 문서 한 장이라지만 그게 바로 행위의 근거가 되고, 명분이 되는 것이니."

역시 군인은 정치적 감각이 부족하단 걸 확인했다 생각했는지, 이토는 득의의 미소를 지으며 타이르듯 말을 꺼냈다. 이런 건수라도 있으니 다행이었다. 그나마 이토의 조바심과 간절한 기다림을 잊게 해주었으니.

그때였다.

똑똑!

"사령관님."

"오, 드디어 왔나 보네."

부관의 노크에 하세가와는 만면에 희색이 돌았다.

"무슨 일인가?"

하지만 부관의 얼굴이 몹시 어두운 게 그의 신경을 거슬리게 했다.

"저, 새벽에 한국군 탄약고를 확보하러 간 부대로부터 임무에 실패했다는 전갈이……."

"뭐!"

"아니, 그게 무슨 말인가?"

"한국군 장교로 보이는 자와 군인들, 그리고 불순분자가 미리 탄약고를 장악하여……."

뜻밖의 보고였다. 앞으로 있을 행사에 노즈나 다른 이들의 참석이 늦고 있다는 게 문제였지, 탄약고 확보에 문제가 생길 거란 예상은 아예 해본 적도 없었다.

"그럼 그자들을 처리하지 못했단 말인가?"

"그러려고 했는데… 적의 저격수들이 거의 동시에 우리 병사들을……."

"뭐라! 그런데 왜 총소리가 나지 않았지? 여기서 그리 멀리 떨어지지도 않은 곳인데?"

"저도… 영문을 모르……."

탕!

하세가와는 책상을 주먹으로 내려쳤다. 요 며칠, 계속 안 좋은 보고만 해 대는 부관이 죽도록 미웠다.

그의 잘못이 아니건만, 인간의 감정은 이렇듯 간사했다.

"지금 그걸 보고라 하는 건가!"

"죄, 죄송합니다, 각하!"

"내 이놈들을!"

이미 폭발 조짐을 보이고 있는 하세가와를 곁에 있던 이토가 말렸다.

"사령관, 지금은 화낼 때가 아니오. 일이 어떻게 돌아가는지 빨리 따져 봐야 하지 않겠소?"

하세가와는 얼굴이 벌게져 있었다. 하지만 이토가 만류하자 허공을 향해 더운 김을 한바탕 쏟아내더니 무겁게 입을 열기 시작했다.

"노즈 고문 일은 이미 틀어졌을 겁니다. 우리 움직임을 파악하고 황제파가 이미 손을 쓴 모양이외다. 그러니 탄약고까지 장악한 거 아니겠소?"

"그, 그런……. 그, 그렇다면?"

평정심을 잃지 않던 이토가 이번에는 심한 충격을 받은 모양이었다.

"전투입니다. 지금이라도 서둘러야 할 겁니다."

하세가와는 힐끗 이토를 보더니 부관에게 빠른 속도로 지시를 내리기 시작했다.

"대기 중인 모든 중대들은 전투태세에 들어간다. 계획대로 남대문 망루를 장악한 후, 기관총을 배치하고."

"네, 알겠습니다."

부관은 큰 목소리로 대답하더니 급히 방문을 나섰다.

"음, 6사단 병력이 없으니 우리 힘만으로 놈들을 막

아야 한다는 말인데…….”

 “할 수 있겠소?”

 “글쎄요. 우리 병사들을 믿어야지요.”

 그래도 하세가와는 아직 희망이 있다 믿었다. 병력이 많지는 않지만, 시위대의 상당수가 일본군에 장악된 상황이고, 중화기를 보유한 아군이 화력 면에서 적을 압도할 수 있을 것이란 기대감이 컸던 것이다.

제6장

시위대의 봉기

이토와 하세가와가 날조된 군대 해산 조칙 문서에 목매달고 있을 때, 이미 박승환과 이민화 참령은 행동에 들어가고 있었다.

한성 서소문 쪽에 자리한 제1연대 1대대와 거기서 조금 떨어진 2대대 병영의 움직임은 무척 분주했다.

우선 1대대장 박승환은 선발대 격으로 믿을 만한 측근 장교와 병사들을 뽑아 남대문과 탄약고로 보내면서 얘기했다.

"간도의 군관들이 그곳을 이미 장악하고 있을 것이니, 그대들은 가서 그들의 명을 받으라."

차출된 장교와 병사들은 군말 없이 명령에 따랐다. 오늘 이 일에 간도군이 오래전부터 관여하고 있다는 사실을 알고 있었기 때문이다.

선발대가 떠나자 박승환은 아직 무슨 영문인지 몰라 어리둥절해 있는 병사들에게 소리쳤다.

"제군들! 그간 왜놈들이 우리 시위대를 해산시키려고 음모를 꾸미고 있다는 소문을 모두 들어 알고 있을 것이다! 본관은 오늘 그 증거를 잡을 수 있었다! 모두 오른쪽을 보라!"

그의 명령에 병사들의 눈길이 일제히 오른쪽으로 향했다. 그 순간, 병영 문이 덜컹, 열리며 이민화 참령과 1연대 2대대 병력들이 물밀듯이 들어왔다.

2대대 병사들은 하나같이 분노에 가득 차 있거나 결기 어린 표정을 짓고 있었다. 그리고 그 대열의 마지막에 민중식 정위와 군부 고문 노즈, 경무 고문 마루야마가 개 끌려오듯 들어서고 있었다.

병사들이 눈빛이 점차 굳어갔다. 오늘 뭔가 큰일이 벌어질 것이란 예감이 든 모양이었다.

박승환은 이민화로부터 문서를 건네받았다. 아마도 이민화의 부대가 먼저 이 문서를 열람한 모양이었다.

박승환은 서론도 필요 없다는 듯, 큰 소리로 문서를 읽어 내려가기 시작했다.

듣고 있는 병사들은 점차 동요하기 시작했다. 그 문서엔 어마어마한 내용이 담겨 있었기 때문이다.

"자, 보아라! 이 문서에 따르면, 우리 시위대는 오늘부로 해산되어야 마땅했을 것이다. 폐하의 명령이기 때문이다. 하지만 이 문서를 쓴 사람이 누군 줄 아는가? 바로 섬나라 오랑캐, 이토 히로부미다. 폐하의 황명이 아니란 말이다!"

"뭐! 이토가!"

"아니, 이게 무슨 일이란 말인가?"

병사들이 웅성웅성거리자 박승환은 다시 큰 소리로 외쳤다.

"이게 바로 놈들이 작성하고, 폐하 몰래 어새를 빼내 날인한 다음, 오늘 아침 발표하려 했던 문서다! 놈들이 우리 시위대를 해산하겠다고 나선 것이다!"

병사들은 수군거림이 완전히 멈췄다. 그 대신 그들의 눈에 서서히 노기가 어리기 시작했다.

"오늘 아침, 왜놈들이 군대를 동원해 어새를 빼내려다가 간도군 군관들에게 저지당하고 붙잡힌 놈들이 여기 있다!"

박승환의 말이 끝나기 무섭게 민중식과 노즈, 마루야마가 단상 앞으로 끌려 나왔다.

"저 민중식이란 놈은 대한국의 장교로서 왜놈의 앞잡이 짓을 했다. 어떻게 해야 하나?"

"총살시켜야 합니다!"

"죽이십시오!"

"왜놈 고문 놈들은?"

"마땅히 죽여야 합니다!"

"저들을 죽이면 이제 우리는 총을 들고 왜놈들과 목숨을 걸고 싸워야 한다. 그래도 괜찮은가?"

"목숨을 걸겠습니다!"

"싸우겠습니다!"

병사들은 격한 반응을 보였다. 그간 군대 해산에 대한 흉흉한 소문 때문에 알게 모르게 스트레스를 받아오던 터다.

게다가 지난 을사늑약 이후, 대부분의 한국인이 그렇듯 친일 매국노나 일제에게 악감정이 쌓여가고 있었다.

박승환은 고개를 끄덕이더니 곧바로 짧게 사형선고를 내렸다.

"이 셋을 총살형에 처한다."

박승환은 이민화에게 고갯짓을 했다. 이민화는 군례를 올린 다음, 두 사람을 형틀에 묶었다.

민중식과 두 일본인 고문은 이미 죽음을 예감한 듯, 조용히 병사들에게 이끌려 갔다.

잠시 후.

푸슝! 푸슝!

낮은 바람 소리와 더불어 셋의 이마에 빨간 점이 맺혔다.

"어라!"

"뭐지?"

병사들은 이 의외에 사태에 잠시 혼란에 빠졌다. 누군가 사형 집행자로 뽑혀 요란한 총소리와 더불어 처형식이 이뤄질 줄 알았는데, 갑작스레 놈들이 즉사한 것이다.

"어, 저기……."

"뭐가?"

한 병사의 손가락 방향을 따라 모두가 시선을 돌렸다.

그러자 지붕에 올라가 있는 괴한들이 군례를 올리고 있는 모습이 시야에 들어왔다. 한 손에 총을 들고 있는 걸 보아 저들의 작품인 듯한데, 두 사람은 검은 복면을 한 상태였다.

"저분들이 바로 간도에서 온 군관들이시다."

"간도군?"

"앞으로 저분들이 우리를 간도로 인도할 것이다. 물론 이곳의 왜놈들과 싸운 다음에 말이다."

"대대장님, 그럼 우린 간도로 가게 됩니까?"

"그렇다. 지금 남쪽에서 왜놈의 여단 병력이 서둘러 올라오고 있다 한다. 우리 시위대가 아무리 용쓰는 재주가 있다 한들 그들을 막기란 어렵다. 탄약도 곧바로 떨어질 거다. 게다가 왜놈들의 본토에서 또 몇 개 사단이 오면 어쩌겠는가. 오늘 우리가 한성에 있는 왜놈들을 모두 무찌른다 한들 한성을 지켜낼 수 있겠는가? 그래서 우린 간도로 간다. 간도로 가서 용맹한 간도군과 합류해 왜놈들을 바다로 밀어낼 때까지 싸울 것이다. 그러니 간도로 갈 이들은 모두 집 주소를 적어 저 간도 군관에게 넘겨라. 그럼 저들이 가족들을 간도로 인도해 줄 것이다."

"그러면… 폐하는 누가 지킵니까?"

"지금 황제 폐하도 간도로 향하고 계시다."

"아, 그럼……."

"하지만 간도로 갈 의사가 없는 이는 조용히 빠지거라. 강요하지 않겠다."

대대장의 말이 끝나자 진영이 조금 소란스러워졌다. 상당히 많은 병사들이 갈등하는 모양이었다. 결국 몇 명이 꼼지락거리더니 대열에서 이탈했다.

"미안하오. 홀로 계신 노모 때문에 도저히……."

저마다 미안한 듯 고개를 들지 못했다. 결국 100여 명 가까운 인원이 간도행을 포기했다.

"자, 그럼 남은 인원들은 무기고를 깨부수고 무기를 들라! 그리고 병영을 나가 왜놈들을 무찌르자!"

박승환의 말이 끝나기 무섭게 남대문 쪽에서 요란스런 총성이 들려오기 시작했다. 선발대와 간도군 특전대원들이 적과 전투를 벌이는 모양이었다.

"모두 서둘러라!"

"와아아!"

병사들은 함성을 지르며 무기고로 달려가기 시작했다.

황제 일행은 힘들게 북한산을 오르는 중이었다. 이들의 호위에 동원된 특전대원만 해도 세 개 팀이나 되었는데, 경정민 팀 이외에 이번 작전을 위해 간도에서 온 두 개 팀이 황제의 호위를 맡고 있었다.

호위 책임자가 된 경정민은 세 팀을 각기 전방 정찰조와 행렬 호위조, 후방 경계조로 나누어 배치한 후, 천천히 북한산을 올랐다.

아니, 천천히 오를 수밖에 없었다.

일행 중에 황귀비와 여성 나인들, 그리고 아직 어린 황자들도 포함되어 있기 때문이었다.

경정민은 이 상황이 마음에 안 든다는 듯 얼굴을 찌푸렸다.

"백 명이 넘는데… 괜찮을까?"

"일단 폐하만 모셔도 작전은 성공입니다. 다음 일은 운명에 맡겨야죠."

"뭐, 해보는 데까지 해봐야지."

경정민은 민우와 대화하는 와중에도 일행들의 상태를 날카로운 눈으로 살폈다.

"휴식! 10분간 휴식한다."

경정민의 말이 떨어지기 무섭게 모두가 그 자리에 털썩 주저앉았다.

황제 또한 바위에 앉아 땀을 식혔다. 황제는 내관을 통해 민우를 불렀다.

"괜찮으시옵니까, 폐하."

"괜찮네. 그나저나 오랜만에 고 국장과 같이 있으니 좋군."

"황공하나이다, 폐하."

"짐이 겨를이 없어 말을 못했네만, 우리 황족들 이외에 내관과 나인들까지 거둬줘 고맙다는 말을 하고 싶었네."

"아니옵니다, 폐하. 마땅히 해야 할……."

탕! 타탕! 탕!

그때, 멀리서 총소리가 들려왔다.

"흠……."

"이제 작전이 시작된 모양입니다. 시위대가……."

"고마울 따름이로다. 저들 덕에 이렇게 편안히 몸을 빼낼 수 있었으니. 희생자가 없어야 할 텐데……."

"우리 간도 군관들이 시위대 장교들과 더불어 전투를 지휘하고 있습니다. 아마 좋은 결과가 있을 것입니다."

"그렇겠지. 이제 한성까지 불붙었으니, 일본과 전면 전을 벌이게 된 셈인가?"

"그러하옵니다."

"음……."

황제의 눈빛이 무척 깊어졌다. 이번에 전국 방방곡곡에서 벌어지는 전투들이 앞으로 역사를 어떤 판도로 바꿀지, 그 의미에 대해 생각하는 모양이었다.

군 요직과 관료 사회에 암 덩이처럼 퍼져 있는 친일 매국노들 때문에 번번이 시위대란 무력을 제대로 활용하지 못한 황제였다. 특히 이병무 같은 자들 때문에 말이다. 하지만 이제 피아가 구분되고 보니, 제대로 싸울 수 있게 되었다. 이것만 해도 무척 고무적인 일이었다.

*　　　　　*　　　　　*

일본군은 남산 쪽에 포병을 배치하기 시작했다. 황제가 일본의 의도에 따라주지 않고 고집을 부릴 때마다 써먹던, 고전적인 수법이었다. 훈련을 빙자해 경운궁을 향해 포를 배치했던 것이다.

하지만 이제 단순히 위협용이 아닌, 실전에서 포를 사

용하게 될 정도로 상황이 급박하게 돌아가고 있었다.

이 일대에서 가장 높은 곳은 남대문이었다. 그런데 남대문을 장악당해 전혀 전진하지 못하자 포를 꺼내든 것이다.

탕! 탕! 타다탕!

남대문을 향해 밀려오는 일본군을 향해 간도의 특전대원과 시위대원들은 고군분투하고 있었다.

"네, 알겠습니다. 이상."

망루에서 전투를 지휘하던 진아람 팀장은 정종한 팀장의 무전을 받더니 곧바로 명령을 내렸다.

"후퇴! 후퇴하라!"

진아람의 명령에 병사들은 빠르게 망루를 내려가기 시작했다.

그때였다.

꽝! 꽝!

"이크!"

"으악!"

적 포탄이 망루의 지붕과 성벽, 심지어 근처 민가에 마구잡이로 떨어졌다. 비명 소리는 근처 민가에서 살짝 고개를 내밀고 전투를 구경하던 민간인의 것이었다.

"개새끼들. 쏘려면 제대로 쏠 것이지, 왜 애먼 민가에……."

진아람은 욕지기를 내뱉은 후, 빠르게 골목길로 몸을 피했다. 그 일로 전투를 구경하던 시민들은 재빨리 몸을 피하기 시작했다. 덕분에 민간인 피해를 걱정하지 않고 제대로 시가전을 벌일 수 있게 되었다.

망루에 있던 병사들이 다 몸을 피했을 무렵, 박승환과 이민화가 병사들을 이끌고 다가왔다.

"우리가 늦지는 않았소?"

"아닙니다. 일단 여기서 1차 저지선을 펼치겠습니다. 1연대 1대대 병사들을 각 골목에 배치하십시오."

"알았소."

"이민화 대대장님은 병영 쪽에 2차 저지선을 만들어 주십시오. 그래서 박 참령님 부대가 후퇴하면 엄호를 부탁드립니다."

"그럼 다른 부대는 어떡하오?"

이민화는 이번 봉기의 주축이 된 2개 대대 외의 다른 대대 병력에 대해 물어봤다.

"그들의 지휘 체계는 살아 있습니까?"

"모호하오. 대대장이나 중대장 상당수가 처형당해 소

수의 중대장과 소대장만 남았소."

"그럼 병영으로 모이게 한 후, 빨리 지휘 체계를 세워 주십시오. 정종한 대령의 도움을 받으시면 될 것입니다."

현재 정종한 팀장은 병영 지붕에 올라가 전장을 살피며 전투를 지휘하고 있었다.

"알겠소."

"김 소령, 팀원 세 명을 데리고 9시 방향 건물로 들어가 망루로 오르는 놈들을 계속 저격해!"

"알겠습니다."

진아람은 정신없이 지시를 내렸다.

적들 중 일부가 기관총 세 정을 들고 남대문의 망루로 오르려 했다. 하지만 특전대원들의 정확한 저격에 당해 계속 사상자만 낼 뿐이다.

하지만 그 와중에 일본군 본대는 남대문 앞까지 진격해서 시위대와 교전에 들어갔다. 이제 본격적인 시가전이 벌어진 것이다.

시위대원들은 그간 훈련 받은 대로 침착하게 대응했다. 남대문 일대에 촘촘히 들어서 있는 민가가 병사들의 몸을 가려주었다. 덕분에 계속 무모한 전진을 강요 받고 있는 일본군 쪽에서 사상자가 발생했다.

하지만 시위대의 순조로운 전투 양상은 그리 오래가지 못했다.

꽝! 꽝! 꽝!

"억!"

남대문을 조준한 포들이 민가에 몸을 가리고 있는 시위대원들을 향해 발포를 시작했다.

그중 포탄 한 발이 정확하게 병사들이 포진해 있는 쪽으로 떨어진 모양이었다.

결국 최초의 전사자가 발생했다.

병사 서너 명이 포탄에 당하자 진아람은 즉시 2차 저지선으로 후퇴하라 명령했다.

정종한은 2차 저지선을 지휘하고 있었다. 1연대 1대대 병영에 모인 타 대대 병력의 무장과 재편이 시급했기에 해당 작업을 이민화에게 맡기고 자신이 직접 지휘에 나선 것이다.

"자, 자리를 잡았으면 각기 맡은 구역을 할당해 경계에 들어간다! 박 참령 대대의 후퇴가 마무리되면 바로 응전할 준비를 하도록!"

정종한은 곳곳에 흩어진 팀원들에게 명령을 내렸다.

무전을 받은 팀원들은 시위대의 중대장과 소대장들에게 명령을 전달해 주었다.

"2개 대대라… 좋군. 하지만 탄약이 문젠데…….."

이민화는 타 대대 병력을 점고해 보았는데, 거의 천여 명가량이나 되자 무척 고무된 표정을 지었다. 하지만 무기고에 있던 소총들만 꺼내 무장한 관계로 여분의 탄약이 거의 없는 게 문제였다.

이들은 기본 무장이라 할 수 있는 10여 발의 탄약만 보유한 상태였다.

"할 수 없지. 여분의 탄약을 나눠 주는 수밖에."

이민화는 빠르게 명령을 내렸다.

"탄약고 총탄의 일부를 나눠 주거라. 그리고 새로 임명된 3, 4대대 대대장들은 탄약을 지급 받은 후 병사들을 이끌고 인왕산으로 들어가시오."

어차피 계획된 일이었다. 탄약이 부족한 병력을 시가전에 투입해 봤자 희생자만 낼 뿐이다. 그리고 인왕산은 3차 저지선으로 계획된 지점이었다.

새로 재편된 병력이 병영을 빠져나가기 무섭게 박승환 참령이 대대원들을 이끌고 병영으로 후퇴해 들어왔다.

이 부대에서 벌써 10여 명의 전사자가 나왔다. 부상병도 수십 명에 달했다.

"자, 부상병을 응급조치 한 후, 모두 서소문 밖으로 나가거라. 그럼 이 참령, 정종한 대령, 뒤를 부탁하오!"

"알겠습니다."

"그럼 잠시 후에 뵙겠습니다."

2차 저지선의 지휘를 맡은 이민화와 정종한은 첫 번째 전투를 치른 박승환에게 극진한 태도로 인사했다.

*   *   *

이토와 하세가와는 전투 상황을 직접 눈으로 확인코자 아예 사령부 건물 밖으로 나와 있었다.

"오오, 적들이 물러나고 있소."

일본군이 조금씩 우세를 점하고 시위대가 후퇴하는 모습을 보자 이토는 고무된 모양이다. 하지만 하세가와는 잔뜩 눈살을 찌푸리며 못마땅하다는 듯 고개를 갸웃거렸다.

하세가와의 표정이 심상치 않음을 깨달은 이토가 질문

을 던졌다.

"사령관은 이 상황이 달리 보이시오?"

"그렇습니다."

"분명 우리 군이 이기고 있지 않소?"

"이기고 있다? 그런데 죽어 나가고 있는 건 우리 병사들뿐 아닙니까?"

"흠……."

"적은 희생이 그리 크지 않은데도 조금씩 후퇴하고 있습니다. 아무래도 우리와 싸울 생각이 없다는 듯이. 그렇다면 무슨 꿍꿍이가……."

"음, 혹시……."

이토가 말끝에 붙인 '혹시'란 단어가 하세가와의 뒤통수를 때렸다.

"이, 이런… 부관! 부관!"

"네, 각하!"

"창덕궁! 창덕궁에 빨리 연락해 보라!"

몹시 다급한 하세가와의 명령에 부관이 급하게 뛰어갔다.

"창덕궁? 아! 그, 그럼……."

"각하, 창덕궁에 전신이 연결되지 않습니다!"

급히 돌아온 부관의 보고에 하세가와는 잠시 망연자실 해했다.

"허, 설마 했는데……."

"그, 그럼 이게 다 한황의 계략이라는……."

"그런 거… 같습니다. 우리가 시위대 해산에만 집착한 나머지 더 큰 그림을 보지 못한 겁니다. 놈들은 이 상황을 다 파악하고 시위대의 반란을 여러모로 써먹은 겁니다."

"허, 우리가 저 교활한 한황한테 당한 셈이구려."

"그렇습니다. 간도 놈들과 평강에 있는 폭도 놈들의 급작스런 공격도 다 이 일과 연관이 있는 것 같습니다."

하세가와의 설명이 뒤따르자 이토는 등골이 서늘해지는 느낌을 받았다.

"부관, 빨리 사령부 수비대 중 1개 중대를 차출해 창덕궁으로 보내게. 가서 한황 일행이 보이지 않으면 그 자취를 쫓아 서둘러 추격하라고 하게. 만약 한황 일행을 발견하면 강압적인 방법을 동원해서라도 데려오도록!"

하세가와는 빠르게 명령을 내린 다음, 하늘을 향해 고

개를 치켜들고 깊은 한숨을 내쉬었다.

*　　　*　　　*

"헉헉! 헉!"

황제를 포함한 황족들이 이런 험한 산길을 언제 타봤을까. 안 그래도 더운 날씨인지라 황제는 땀을 비 오듯 쏟으며 거친 숨결을 내뿜었다.

황족들의 체력을 배려해 자주 쉬고 조금씩 전진했던 터라 속도가 오를 기미가 보이지 않았다.

"폐하, 이쪽으로……."

민우와 경정민 팀장은 산을 오르는 내내 미간을 찌푸렸다. 적이 알아채고 추격대를 보내 꼬리를 잡힐까 걱정하는 것이다.

민우의 안내에 따라 황제는 조금 쉴 만한 공터에 도착하자 털썩 주저앉았다.

몹시 힘들었는지 황제는 그저 색색거리며 거칠게 숨을 내뱉을 뿐이었다.

그사이, 경정민은 팀원들에게 빠르게 무언가 지시를 내렸다. 그러자 특전대원들은 공터 근처의 나무를 자르

기 시작했다

민우는 황제에게 다가가 부복했다.

"폐하, 조금만 기다리시옵소서. 탈것을 이리로 부르겠나이다."

"헉, 헉! 아직… 헉헉! 더 가야 하지 않나?"

"그러하옵니다만, 이곳이 제법 넓어 조금만 손을 보면 가능할 것 같습니다."

"휴, 그렇다면 고마운 일이로다."

황제는 이제 조금 호흡이 진정이 되는지 깊이 숨을 내뱉고 평상시의 어조를 되찾았다.

"그런데… 원래 그 날틀의 존재를 숨기기로 하지 않았나?"

"그러하옵니다. 하지만 상황이 다급한지라……."

"폐를 끼치게 되었군."

"아, 아니옵니다, 폐하."

"고 국장."

"예, 폐하."

"정말 고맙구려."

"폐하……."

"짐은 어떤 일이 있어도 고 국장이나 간도인을 실망

시키지 않을 거네. 그대들이 없었다면 결국 왜놈들이 이 나라를 집어삼키게 될 운명과 마주해야 했겠지."

"폐하……."

황제는 말없이 민우의 어깨를 두드려 주었다.

투다다다!

그때, 멀리서 굉음이 들려오기 시작하더니, 이내 공터를 향해 헬리콥터가 다가왔다.

"오오, 저, 저게……."

"그러하옵니다, 폐하. 바람이 거세지고 먼지가 심하게 날릴 테니, 제가 잠시 결례를……."

"그리하게."

민우는 황제의 허락이 떨어지자 자신의 상의를 벗어 황제의 머리에 씌워주었다.

"저, 저!"

그 모습을 목격한 최병주와 김현준은 소스라치게 놀랐다. 감히 상상도 못할 일이 벌어진 것이다. 하지만 그들은 곧 민우의 행동을 이해하게 되었다. 거센 먼지바람이 불어오기 시작한 것이다.

아무리 영화에서 보았다 해도 집채만 한 날틀이 공중에서 내려오는 광경은 가히 경악할 만한 일이었다. 최병주와 김현준의 입이 쩍 벌어졌다. 아니, 모두가 그랬다.

그때, 경정민이 크게 소리쳤다.

"자, 모두 잠시 숲 속으로 들어가십시오!"

이런저런 소란 끝에 헬리콥터가 공터에 내려앉았다. 헬기 조종사인 홍인호 대령은 창문을 통해 황제에게 깍듯이 거수경례를 했다.

"자, 폐하, 어서 오르십시오."

황제는 바람을 피하고자 고개를 떨군 채 조심스레 헬리콥터에 올랐다.

"자, 다음은 황귀비마마."

황귀비 엄씨도 황제 옆에 자리를 잡았다. 하지만 다음 차례인 황태자가 머뭇거렸다. 그의 눈이 어린 동생들의 모습을 쫓고 있었다.

"태자 전하, 어서 오르십시오!"

황태자는 뭔가 결심한 듯 고개를 힘차게 저었다.

"아바마마, 동생들을 태우십시오! 전 궁궐 식구들을 이끌고 군인들과 함께 길을 가겠습니다."

"오, 황태자……."

사실 황태자의 말이 맞는 상황이었다. 아무리 황위를

물려받게 될 황태자라 해도 장성한 자신이 어린 동생들을 두고 헬기에 오를 수는 없는 일이었다.

황제도 황태자의 뜻에 이내 동조했다.

"장한지고. 그리하라."

"네, 아바마마."

헬기의 좌석은 정해져 있어 황족 모두를 태울 수는 없었다. 또한 호위할 특전대원도 필요했다. 결국 다섯 명의 황족과 경호를 맡은 팀원 두 명만 태우고 헬기는 하늘 높이 날아올랐다.

*   *   *

오전부터 시작된 한성 시가전.

원래 역사에서 시위대의 항전은 눈물겹도록 처절했다. 기관총까지 동원한 일본군에게 개인당 몇 발 안 되는 탄약을 들고 용감히 맞서 싸운 시위대 병사들. 그럼에도 전투의 초기 양상은 오히려 승기를 잡았을 정도로 잘 싸웠다고 한다.

하지만 탄약이 떨어지며 수세에 몰렸고, 결국 수많은 사상자를 내며 막을 내리게 된다. 시위대와 맞서 싸웠던 일본군마저 시위대에게 경의를 표할 정도였다고 하니, 그날의 전투는 숭고함, 그 자체였다.

시위대를 응원하며 전투를 지켜보던 시민들은 전투가 끝나자 눈물을 흘리며 유족 대신 곡을 하며 전사한 병사들의 주검을 수습해 주었다고 한다.

실제 역사보다 일 년 일찍 일어난 시위대의 봉기는 이제 완전히 다른 양상으로 진행되어 갔다.

일찌감치 탄약고를 확보한 덕에 화력에서 크게 밀리지 않았고, 보다 큰 전략적 목표 하에 일사불란하게 싸울 수 있었다.

시위대에 부여된 전략적 목표는 무사히 황제를 한성에서 빼내는 것과 아울러 시위대의 전력을 보존한 채 간도군이나 13도 의군에 합류하는 것이었다. 그리고 이제 그 목적의 반은 이룬 셈이 되었다.

탕! 타탕! 타탕! 탕!

오전부터 한성 시민들을 놀라게 했던 총소리는 여전히 그칠 줄 몰랐다. 남대문에서 서소문 일대는 전쟁터가 되었다.

이런 난리 통에 시민들이 가만히 있을 리 없었다. 멀리서 전투 장면을 지켜보던 시민들은 일본군이 쓰러지면 환호성을 내지르고 시위대원이 당하면 발을 동동 굴렀다. 어떤 이는 연신 눈물을 훔치고, 또 어떤 이는 일본군을 향해 돌팔매질을 하기도 했다.

실제로 그날의 일을 목격한 어느 외국 기자의 증언에도 그런 내용이 들어 있었다.

"아, 이를 어째……."

"이익! 이놈들을……."

시간이 흐를수록 백성들은 말을 잃어갔다. 목숨을 내놓고 벌이는 병사들의 사투에 말을 덧붙인다는 게 왠지 죄를 짓는 것 같은 심정이 들어서 그랬을까?

이들의 눈시울은 한참 전부터 벌게져 있었다.

실제 역사 속에서 이날의 상황은 다음과 같이 진행되었다.

이토 히로부미는 비밀 각서 제3항에 의거하여 한국군 해산이 확정되기도 전에 이미 본국에다 주한일본군의 증파를 요청하여 한국군의 예상되는 저항으로 야기될지도 모를 사태에 대비하고 있었다.

즉, 그가 본국 정부에 타전한 전문에는 다음과 같이 기록되어 있었다.

목하(目下) 경성(京城)에는 약 6천 명의 한국병이 있어 언제 봉기할지 모를 일이니, 그 무기를 빼앗을 필요가 있다. 이를 실행하는 데 있어 소란이 일어날지 모르므로 다수 우세한 병력을 필요로 하고 있다. 조속히 본국으로부터 출병(出兵)시킴이 긴요하다고 믿는다.

이 조칙은 극비리에 작성되었다.

고종은 이미 제위에서 물러났고, 순종(純宗)이 자리를 물려받고 있었으므로 아무런 저항 없이 이토가 제시한 문안대로 조칙은 선포되었다. 조칙은 한국군을 해산하여 '국비를 절약하고 이를 이용후생의 업에 이용한다'는 이유와 장차 징병제도를 실시하여 정예군을 만든다는 두 가지 이유를 들어 설명하고 있고, 내각 총리대신 이완용(李完用)과 군부대신 이병무(李秉武)의 이름으로 발표되었다.

1907년 8월 1일, 새벽 7시에 해산 조칙이 발표되었다.

조칙은 시위대의 각 부대장을 하세가와[長谷川] 일본군 사령관의 관저인 대관정(大觀亭)에 집합시켜 군부대신 이병무로 하여금 조칙을 낭독하게 하였다. 낭독이 끝나자 하세가와는 '조용히 해산을 실행하라'는 요지의 훈시를 했다.

부대로 돌아온 각 부대장은 먼저 중대장을 불러 해산 조칙을 전달하고, 중대장은 극비리에 사병들의 총기를 반납시키고 오전 10시까지 그들을 현재의 을지로 5가에 있는 훈련원(訓練院)에 집합하도록 하였다.

해산식장이 마련된 훈련원에는 무다[牟田] 일본 주차군 참모장, 군부 고문 노즈[野津]를 비롯한 한국군 수뇌들이 기다리고 있었고, 해산군은 무장해제된 채 거리를 행진해 훈련원에 도착하게 되어 있었는데, 종로와 덕수궁 대안문(大安門)에는 기관총을 설치한 일본군이 삼엄하게 경비하고 있었다.

훈련원에 제일 먼저 도착한 해산 한국군은 김기선(金基善)의 기병대인 시위 제1연대 제3대대였다.

이 대대는 황제 강제 양위에 격분한 병사들이 일본 경찰을 쏘아 죽인바 있는, 이른바 '불온 한국군'이었다.

이어 마지막으로 경운궁 포덕문(慶雲宮布德門) 밖의 시위 연대 제3대대가 들어섰다.

그러나 이렇게 해서 훈련원에 도착한 3개 대대의 병사들은 모두 600명에 지나지 않았다. 많은 병사들이 이미 탈영하여 해산식장에 참석하지 않았기 때문이다.

해산식은 오후 2시가 넘어서 시작되어 3시에 끝났다. 때마침 소나기가 쏟아져 병사들의 옷은 비에 흠뻑 젖어 보기에도 안타까웠다. 조칙 낭독이 끝나자 소위 은금(恩金)이라 하여 하사 80원, 병졸(1년 이상 복무자) 50원, 동(1년 미만 복무자) 25원이 각각 지급되었다.

『대한매일신보』는 이날의 해산식 광경을 보도하며, 이른바 은사금이란 이름의 돈을 받아 쥔 한국군 병사들이 훈련원을 나오면서 울분을 참지 못해 지폐를 갈가리 찢고 있었다는 사실과 받은 돈으로 사복을 사면서 눈물을 흘렸다고 보도했다.

무장해제를 거부하고 병영 사수를 외친 서울시위 1연대 1대대의 항거는 대대장 박승환(朴昇煥)의 자결로 폭발하였다. 8월 1일 아침, 박 참령(參領)은 각 대대장의 소집 명령을 받았음에도 불구하고 신병을 빙자하여 최고참 중대장 보병 정위 김재흡(金在洽)을 보냈다.

하세가와의 관저인 대관정(大觀亭)에 다녀온 김재흡

은 군대 해산 조칙이 내렸다는 사실과 아침 9시 반까지 전 사병을 무장해제하고 동대문의 훈련원으로 인솔, 해산식에 참가하라는 명령을 대대장 박 참령에게 복명하였다.

박 참령은 곧 각 중대장을 집합시켜 명령을 하달하였다. 각 중대장은 중대 전 사병의 총기를 무기고에 반납토록 하고 전원이 대대 연병장에 집합시키라고 명령하고, 자신은 대대장실에 들어갔다.

대대의 무장해제를 감시하기 위하여 오시하라[敎原] 대위가 기병 두 명을 인솔하고 병영에 들어섰다.

무기를 반납한 사병들은 중대장 명령에 따라 대대 연병장에 정렬하였다. 대대장실에 들어간 박승환은 한 통의 유서를 남기고 자신의 단총으로 자결하였다. 유서 내용은 '군인으로서 나라를 지키지 못하고 신하로서 충성을 다하지 못하면, 만 번 죽어도 아까울 것이 없다[軍不能守國, 臣不能盡忠, 萬死無惜]'라는 것이었다.

대대장실에서 총성이 울리고 '대한제국 만세' 소리가 들리자 갑자기 병영은 긴장되었다. 순간, 연병장[中庭]의 병사들은 대열을 벗어나 무기고로 달려갔다. 문을 부수고 총기와 탄환을 되찾은 병사들은 교관 구리하라[栗

原]을 향해 난사했다.

당황한 구리하라와 기병은 창문을 부수고 도주하였다.

성난 병사들은 대대장의 시신을 차에 싣고 슬그머니 뺑소니치려던 부위 안봉수(安鳳洙)에게도 총부리를 돌렸다. 쓰러진 안봉수는 가까스로 기어 민가에 몸을 숨겼다. 이때 시간은 아침 8시를 조금 지났을 때였다.

박승환 대대는 남대문과 서소문 중간에 위치하고 있었고, 이웃에 제2연대 제1대대가 있었다. 병영을 점령한 박승환 대대 병사 세 명은 제2연대 제1대대로 달려갔다.

2연대 1대대의 병사들도 무장을 해제당한 채 연병장에 정렬하고 막 훈련원으로 출발하려던 참이었다. 박승환 대대에서 달려온 병사들은 문 앞에서 이렇게 외쳤다.

"야, 이놈들아! 너희들은 왜 가만있나! 우리 대대장은 죽었다!"

이렇게 외친 병사는 공포를 쏘면서 같이 동조하라고 호소하였다. 연병장의 2연대 1대대 병사들도 함성을 지르며 무기고로 달려가 문을 부수고 무기를 들었다.

이 광경을 보고 있던 일본군 교관 이케[池] 대위는 재빨리 남문으로 도망쳤다. 사병들의 의거를 극력 만류하던 장교도 사병들의 총대에 맞아 쓰러지거나 재빨리 도주하였다. 이와 같이 1연대 1대대 사병들과 동조하여 일어선 2연대 1대대도 며칠 전 대대장 보병 참령 이기표(李基豹)를 잃은 부대였다.

이 참령은 7월 25일 사병 진무책(鎭撫策)을 논하는 대대장 회의석상에서, '불고사체(不顧事體)하고 언사승당(言辭乘當)에 거차해망(擧措駭妄)하다'는 이유로 면관되었던 것이다.

8월 1일 아침, 대대장 서리 민중식(閔仲植)은 하세가와의 관저에 다녀온 후 이케[池] 교관에게 해산식장으로 갈 사병들에게는 일체 군대 해산에 관한 사실을 알리지 않고 훈련원으로만 간다고 속이겠으니 그리 알라고 말했다.

사병들이 무기고를 부수고 총부리를 돌리자 민중식은 친절하게 이케 교관을 남문으로 인도해 도주할 수 있게 하고, 자신도 담을 넘어 민가에 몸을 숨겼다.

그러나 모든 장교가 그렇게 비겁했던 것은 아니다. 제2연대 제1대대 중대장 보병 정위 오의선(吳儀善)도 박승환과 같이 '이인자처(以刃自處)'하여 순절하였으며, 견습 육군 보병 참위 남상덕(南相悳)은 병사를 지휘하여 일본군과 교전하였다.

남상덕 참위는 이 교전에서 적군 중대장 가지하라[梶原]를 사살하였다. 후술하는 바와 같이 가장 용감했던 제2연대 제1대대의 전투 속에는 남상덕 참위의 '충의와 지략'이 숨어 있으며, 병사들은 그에 감읍하여 마지않았다.

이같이 의거를 일으킨 2개 대대 병사들은 즉시 일본군의 반격을 받았다. 병사들은 기관총의 엄호하에 반격해 들어오는 우세한 적의 공격을 격퇴하면서 8시부터 동 10시 50분까지, 약 세 시간이나 병영을 사수하였다.

병영을 빼앗긴 후에도 일부 병사들은 계속 시가전을 벌여 끝까지 일본군에 항전하였으니, 이날의 전투는 '적군도 높이 찬양하여 마지않은' 영웅적 항전이었고, '이후 적어도 며칠 동안은 일인들이 경의를 가지고 한국과 한국인에 관해 말하지 않을 수 없던 용감한 방어전'이었던 것이다.

2개 대대의 의거가 일어나자 먼저 남대문 안에 자리

잡고 있던 일본군 보병 제51연대 제3대대 제9중대와 제10중대의 각 1소대가 병영을 접수할 임무를 띠고 막 영문을 나서려던 차 총성을 들은 것이다.

두 부대는 각각 한 시위 대대를 맡아 접근하였으나 맹사격을 받아 한 시간이 넘도록 저지당하였다. 도시 소대 병력으로는 꼼짝할 수 없고 위험하다는 사실을 깨달은 3대대장 사카베[坂部] 소좌는 9시 30분 제10중대 전원을 투입하고 사단장에게 병력 증강을 요청하였다.

보고를 접한 사단장은 '병력으로 진압할 수밖에 달리 수단이 없음'을 깨닫고 고전하고 있는 3대대장 사카베에게, '귀관은 남대문 병영에 있는 3중대와 기관총 3문으로 남대문 위병 및 소의문(昭義門) 위병과 협력하여 시위 제1연대 제1대대, 동 제2연대 제1대대 반병(叛兵)을 급속히 진압하라. 공병 장교 11명과 전기(傳騎) 둘을 증파한다'고 명령하였다.

이에 힘을 얻은 사카베는 남대문 벽 위에 기관총 2문을 걸고 치열한 엄호사격을 하게 하는 한편, 제9중대의 기관총 1문을 앞세우고 우선 시위대 2연대 제1대대의 뒷문을 향해 돌격 작전을 감행하였다.

10시 40분까지 약 40분간 되풀이하여 돌격해 보았

으나 적지 않은 부상자를 낼 뿐이었다. 일본군은 시위 제2연대 제1대대 뒷문으로 통하는 좁은 골목길을 전진하여야 했고, 한국군 병사들은 일본군이 후퇴하면 사격을 중지하고 전진하면 즉시 사격하였다.

사카베 대대의 고전 보고를 접한 사단장은 다시 하세가와 관저 앞에 있던 보병 1개 중대와 종로의 보병 1개 중대(제7중대)를 증파하였다. 10시 40분, 이들 증원 부대가 도착하자 사카베는 그중 1개 중대를 고전하고 있는 제9중대에 붙여 시위 제2연대 제1대대에 대한 총공격을 명령하였다.

원병에 용기를 얻은 가지하라[梶原]는 용감하게 선두에 서서 병영에 돌입하고, 부하들은 이에 따랐다. 그러나 이 가지하라의 '독전(毒戰)'은 분명 만용이었다. 뒷문을 부수고 영내에 돌입한 일본군은 사방의 병사(兵舍) 창구에서 쏘는 한국 병사들의 집중 공격을 받아 '가장 많은 부상자'를 내고 말았다.

러일전쟁 때 여순(旅順) 공격에 참전하여 러시아 병 19명을 죽였다는 용명으로 '도깨비 대장[鬼大將]'이란 별명을 갖고 있던 가지하라[梶原]는 이 돌격에서 두 명의 한국 장교를 베었다고 하지만, 영내에 돌입한 후 자기 부하를 '독 안에 든 쥐'로 만들었을 뿐 아니라 자신의 목숨마저 잃어버리고 말았다.

뒤따라 영내로 들어왔다가 한국군 병사의 집중사격을 받은 공병 소위 오오다[大田]는 폭탄을 투입하려고 했으나 때마침 쏟아지는 소나기로 점화할 수 없었고, 피아(彼我)가 접근하여 그 기회를 얻지 못하였다. 그러나 '겨우 일탄에 점화'한 그는 병영 안을 향해 폭탄을 투입하였다.

이때, 9중대를 뒤따라 12중대가 영내로 들어서서 한국군 병사와 일본군 사이에 치열한 백병전이 벌어졌다. 이리하여 시위 2연대 1대대 병영은 10시 50분 일본군에 점령되었다.

시위 제2연대 제1대대 병사들은 남상덕 참위의 지휘 아래 가지하라[梶原] 이하 다수의 일본병을 사상하여 압도적으로 화력이 우세한 일본군을 괴롭혔으나, 그들에게는 기관총이 없는데다가 탄환마저 한정되어 있었다. 가지하라의 돌격을 허용한 것도 총기와 탄환이 부족했기 때문이다. 몰려드는 일본군을 맞아 백병전까지 벌였다는 사실은 그들의 용감한 투쟁 정신을 말해주는 것이다.

시위 제1연대 제1대대 병사들도 병영 정문을 향해 전

진해 오는 일본군 제51연대 제3대대 제10중대에게 맹사격을 가해 그 접근을 불허하였다. 여기에서도 일본군은 몇 차례나 좁은 골목길을 돌격해 들어가려고 시도하였으나, 더욱더 가열해지는 한국군의 사격에 조금도 전진하지 못하였다.

10시 50분, 1개 중대와 공병 1개 분대의 증원군에 힘입은 일본군은 한국군이 시위 제2연대 제1대대의 병사들이 패했다는 소식에 동요한 틈을 이용하여 맹렬한 사격과 돌격전을 감행하였다. 그러나 한국군은 오전 11시 40분까지 병영을 사수하였다.

병영을 빼앗겨 퇴각한 일부 한국군은 사방으로 흩어져 다수가 태평동(太平洞)·정동(貞洞) 부근으로 피신하여 군복을 벗고 민가에 숨었으나, 일부 병사들은 서소문 밖으로 달려 나가 예수 교회의 고지 부근에서 남대문 정거장(서울역)의 일본군 위병을 향해 사격하였다.

이에 일본군은 민가로 숨은 한국군 병사들에 대한 수색전을 벌였다. 이 수색전은 잔인하게 진행됐다. 『대한매일신보』(1907년 9월 5일자)는 일본군의 이러한 잔인성을 '혈탐성(血貪性)'이라 극언하면서 다음과 같이 비난하였다.

본 기자의 목격과 편견 없는 외국인들이 목격하고 전해 준 바로 볼 때, 한성(漢城) 내의 봉기 시에도 일인의 잔혹과 만행이 매우 많았던 지라, 무죄(無罪)한 양민이 포환(砲丸)에 맞았고, 병사와 접촉한 사람은 학대를 당했으며, 서소문 내 영중에 있던 어느 한국군은 검에 스무 번이나 찔려 죽었다. 병졸의 행동을 불능케 하기에는 두세 번이면 족할 것을 어찌 이처럼 여러 번 찔렀는가. 이날 주목해야 할 것은 점령된 병영 부근에서 피살된 병졸 중에는 1인도 무기를 가진 자 없었다고 하니.

그러나 황현(黃玹)의 『매천야록(梅泉野錄)』에는 다음과 같은 애틋한 광경이 묘사되고 있다.

참위 이충순(李忠淳)은 병대를 해산하였다는 소식을 듣고 그의 서모와 결별하면서 '저의 직책이 비록 미약하지만, 나라에 난리가 일어났으니 부득이 죽어야 하겠습니다'라고 하며 돌진하는 군진으로 달려가 사망하였다. 바야흐로 싸울 때에 여학교 간호부 수명이 탄환이 쏟아지는 것을 무릅쓰고 인력거에 아병 부상자를 싣고 병원으로 보냈다. 미국인 의사 어비신(魚飛信) 목사, 조원시(趙元時) 등도 또한 아국병 부상자를 들고 제중원(濟衆

院)에 들어가 힘써 치료해 주었다. 장안 사람 김명철(金命哲) 등 3인은 돈을 거두어 전사한 장졸들의 장례를 치러주고 곡을 하며 애통해하고 돌아갔다.

'한민족독립운동사'에서 발췌.

그리고 이날, 전투의 결과를 관보에선 다음과 같이 전하고 있다.

이날 한일 양군의 전투에서 일본군도 100여 명의 사상자가 났으나 아군에서는 중대장 정위 오의선(吳儀善), 권중협(權重協)과 참위 장세정(張世禎), 노덕세(盧德世), 이준영(李峻永), 이규병(李圭丙), 이한승(李漢承), 견습 참위 이긍주(李肯周), 이충순(李忠純), 백진용(白普鏞), 남상덕(南相惠), 특무 정교 김순석(金順錫), 고희순(高喜淳) 등이 전사하고 기타 다수의 사상자가 나다.

두 병영을 점령당해 퇴거한 한국군들 중 일부는 서소문 밖 고지 부근을 거점으로 남대문 정거장(서울역)의 일본군 위병을 공격하는 등, 탄환이 다할 때까지 항전을 계속하였으며, 일부는 무기를 가진 채 지방으로 흩어져 의병의 중심이 되었다.

한편, 항전을 시작한 두 대대 이외의 부대들은 오전 10시 50분에 훈련원에 집합하였으므로 해산식을 행하고 은사금 지폐 약간씩을 주어 해산케 한 바, 장졸들이 분개하나 손에 무기가 없고 또한 일본군의 감시가 엄밀하므로 혹은 통곡하고 혹은 지폐를 찢어버리며 해산하다.

대한제국 관보(官報 隆熙 元年 9月 21日).

＊　　　　＊　　　　＊

박승환 참령의 부대는 서소문 밖에서 이민화 대대의 퇴로를 확보한 채 대기하고 있었다. 총소리가 점점 가까워지는 걸 보니, 이민화 참령의 부대가 서서히 후퇴하는 모양이었다.

잠시 후, 전사자와 부상병들을 어깨에 메고 나오는 병사들의 모습이 보이기 시작했다.

"자, 모두 전투 준비!"

박승환은 대기하고 있던 병사들에게 큰 소리로 외쳤다.

곧 서소문 밖으로 이민화 참령의 부대가 줄줄이 모습을 드러내기 시작했다. 마지막으로 특전대원들이 이민화 참령을 호위하며 나왔다.

"이 참령! 빨리 부대를 이끌고 인왕산으로 들어가게! 도착하면 1개 중대를 빼내 북한산 쪽으로 보내시게. 늦으면 황태자 전하 일행이 적에게 잡힐 수 있으니 서두르게."

"황태자 전하? 아니? 어쩌다……."

"일이 그리되었다네."

"알겠소이다. 그럼 먼저 가겠습니다."

대답을 마친 이민화는 서둘러 자신의 부대를 인왕산으로 인솔해 갔다.

창덕궁 북쪽 산에도 서서히 전운이 감돌기 시작했다. 일본군 1개 중대가 창덕궁을 거쳐 민우 일행을 뒤쫓기 시작한 것이다. 이미 몇 시간 일찍 출발했지만, 여자들과 황족이 포함된 민우 일행의 이동 속도가 워낙 느려 꼬리가 잡히는 건 시간문제로 보였다.

계속 시계를 보며 뭔가 골똘히 고민하던 경정민은 민우와 모든 특전대원들을 불러 모았다.

"결국 플랜 B를 실행해야겠는데……."

민우 또한 동의한다는 표시로 고개를 끄덕거렸다.

"지금 인왕산 쪽에서 1개 중대 병력이 출발했다고 하니, 최소 이 지점까지 적의 추격을 지체시키며 가야 할 것 같아."

"알겠습니다."

"좋아, 그럼 지금부터 모든 대원들은 후방의 적을 맡는다. 1개 팀이 1킬로미터마다 적의 발목을 최소 30분씩 붙잡기로 한다. 팀마다 모든 수단을 써서 실행하도록!"

"네, 알겠습니다."

"고 국장이 황태자 전하와 궁궐 식구의 호위를 전적으로 책임져야 할 것 같은데? 전방에 적이 나타날 리 없으니 큰 문제는 없을 것 같고, 다만 이동 속도를 올리는 게 문제지."

"알겠습니다. 어떻게든 해보겠습니다."

말을 마친 민우는 송선춘과 최란, 최병주, 김현준 등을 불러 모았다.

"송 주사, 자네가 앞장서서 일행을 이끌게. 나와 란이는 일행의 후방을 경계할 테니."

"알겠네."

"그리고 최 대감님과 김 주사님은 황태자 전하를 잘 보필해 주십시오. 또 궁내부 식구들 중에 힘 좀 쓰는 이들에게 명해 여성과 몸이 약한 이들을 부축하게 하십시오. 신분이니, 남녀유별이니, 그런 거 없습니다. 최대한 빨리 이동하는 게 중요합니다."

"그러지. 알겠네."

최병주와 김현준이 이 일을 알리러 황태자에게 다가가자 송선춘과 최란은 결연한 눈빛으로 권총을 꺼내 들었다.

"하하, 좋은 눈빛이야. 하지만 총을 쓸 일은 거의 없을 테니, 너무 긴장하지 말게. 자, 그럼 움직일까?"

황태자 일행은 다시 움직이기 시작했다. 어느새 특전대원들은 온 길을 되짚어 숲 속으로 스며 들어가 보이지도 않았다.

산악전이 시작되자 특전대원들의 진가가 발휘되기 시작했다. 첫 전투를 맡은 경정민은 수류탄을 이용해 부비트랩을 만들고, 저격을 맡을 팀원도 교묘한 위치에 배치시켰다.

이들이 자리를 잡은 지 얼마 지나지 않아 일본군들이

하나둘 모습을 드러내기 시작했다. 백여 명에 가까운 인원이 올라간 산길이라 흔적을 찾는 게 그리 어렵지 않았던 모양이다.

꽝! 꽝!

일본군 일부가 부비트랩을 건드린 듯했다.

탕! 타탕! 투타타탕!

경정민 팀의 본격적인 사냥이 시작됐다. 부비트랩과 첫 사격으로 수십 명을 해치웠지만, 적도 경계심을 늦추지 않은 탓인지 공격을 당하자마자 숲 속으로 빠르게 숨어들었다. 하지만 일본군은 어떤 대응도 할 수 없었다. 상대의 모습이 보이지 않으니 어떻게 움직여야 할지 몰랐던 것이다.

탕!

"억!"

성급하게 전방을 살피려 고개를 든 한 일본군 병사가 그 자리에서 즉사했다. 특전대 저격수에게 당한 것이다.

이후 일본군은 아무런 움직임을 보이지 않았다.

득의의 미소를 짓는 경정민 팀장.

"후후, 이게 바로 우리가 원하는 상황이지. 계속 그렇게 납작 엎드려 있으라고."

탕! 탕!

또다시 들리는 총성. 역시 사격은 정확했다. 일본군은 총성 한 번에 한 명씩 죽어 나갔다. 이런 양상으로 시간은 계속 흘러갔다.

시계를 본 경정민은 곧바로 팀원들에게 뭔가를 지시했다. 약속 시간이 된 모양이다. 팀원들은 살짝 뒤로 기어 몸을 빼더니, 다시 숲 속으로 사라져 갔다.

*   *   *

연해주의 일본군 15사단을 맡은 간도군 1사단, 특히 북부 지역을 맡은 1연대는 적들의 예상치 못한 반격에 시달려야 했다. 간도 국경 쪽이 밀리자 러시아 국경선을 지키던 일본군 병력이 자리를 이탈해 지원에 나선 것이다. 덕분에 1사단의 진격 속도는 형편없이 느려졌고, 조금씩 사상자도 발생하기 시작했다.

연해주 서부의 산악 지대는 이제 고지전의 양상을 띠어갔다. 하지만 전황은 간도군에게 압도적으로 유리한 상황이었다.

"연대장님, 사단장님의 지시입니다. 더 이상 무리한

진격을 하지 말랍니다. 지금 위치를 고수하고 있다가 자루비노 방면의 9연대 병력이 올라오면 협공을 하라는……."

"끙, 뭐라 할 말이 없군. 우리 전선에서 사상자를 냈으니."

홍순우 연대장은 몹시 자존심이 상한 모양이었다. 한참 후배인 설경태 대령의 도움을 받게 생겼으니 말이다.

"남쪽은 어떻게 돌아간대?"

"이명학 대령님의 8연대 또한 우리와 마찬가지인 모양입니다. 하지만 10연대 병력이 두만강의 적을 모두 처리하고 곧 북상할 테니, 연추의 일본군 사령부도 머지않아 점령될 거랍니다."

"그래? 음, 그럼 어느 쪽이 빠를까? 이곳 자루비노와 슬라비안카 전선일까, 연추 쪽일까?"

"아무래도 이동 거리를 생각하면 이쪽이……."

"아무렴 그래야지."

말을 마친 홍순우는 망원경을 들고 다시 적진을 살피기 시작했다.

"놈들이… 확실히 참호를 만드는 실력이 꽤 늘었어. 우리 박격포의 존재를 알아차린 모양이야."

"그럴 겁니다. 이제 우리 박격포 사격이 별 효과가 없는 걸 보면."

"저 두 분은 오늘도 변함없군그래."

그때, 참호를 누비고 다니는 신채호와 김구의 모습이 그의 눈에 들어왔다.

두 사람은 전투가 마무리되거나 소강상태에 빠지게 되면 병사들과 더불어 취재 차 이야기를 나누거나 부상병을 돌봐주고 있었다.

"어디에 사는 뉘시오?"

김구는 참호에 기대 담배를 피우며 휴식을 취하고 있는 어느 병사에게 물었다. 그의 계급은 상병이었다.

"본시 평안도 정주서 소작을 치며 그저 죽지 않을 정도의 소출만 받으며 살았더랬소. 그런데 간도로 가면 농토를 얻을 수 있단 얘길 듣고 부모 뫼시고 무작정 간도로 와서 송강진에 정착해 살고 있소. 이름은 박팔봉이라하오만."

대부분의 간도 주민이 갖고 있는 인생 스토리였다.

"그런데 뭘 그렇게 열심히 적고 있소?"

질문을 하는 김구의 옆에 앉아 자신의 얘기를 받아 적

는 신채호에게 병사는 대뜸 물었다.

"아, 신문에 전장의 소식을 실으려……."

"신문? 허허, 그렇다면 영광이오."

"그럼 왜 군에 입대하였소?"

"월급도 많이 주는데다 왜놈들하고 원껏 싸울 수 있으니 일석이조 아니오?"

"허허, 그럼 전장에서 지낼 만하오? 어떻소?"

"물론이오. 늘 이기는 편에 있으니 병사로선 최선이 아니오? 우리 간도 진위대가 세상에서 가장 강한 군대 아니오? 게다가 밥도 잘 나오지, 월급도 많이 주지, 장교들도 잘 대해주니, 이보다 좋은 군대가 어디 있겠소?"

병사들은 간도군에 소속된 데 대한 자부심이 남달랐다. 그도 그럴 수밖에 없는 게, 온갖 신식 무기로 무장하고 충분한 보급품을 수령 받고 있으니, '이 세상에서 가장 강한 군대'라는 장교들의 말이 허투로 느껴지지 않았다. 또 급여도 상상을 불허할 정도로 높았다.

"무섭지는 않소? 총탄이 날아다니고 포탄이 터지고 하는데."

"그게 무서우면 어떻게 병사라 할 수 있겠소? 처음 훈련소에선 조금 무서웠지만, 그간 실전에 가까운 훈련을 거듭하고 몇 번 전투를 치르다 보니 이제 많이 익숙해졌소."

"그럼 앞으로도 계속 군영에 남아 있을 생각이시오?"

"그렇소. 두말하면 잔소리지. 내 듣기로 앞으로 징병제로 바뀐다 했소. 그리고 우린 이 전쟁이 끝나면 교육을 받고 나서 부사관이나 장교로 임관된다고 들었소. 이 촌무지렁이가 군의 간부가 된다, 이 말이오. 또 이번 전쟁에서 공을 세우면 전공에 따라 승진도 빨리 된다 했으니, 이보다 좋을 수 있겠소?"

"오호, 정말 좋은 소식이구려."

"그래서 다들 설레고 있소이다. 장교도 될 수 있다니."

"그럼 장교와 부사관 후보는 어떻게 나눈다 하오?"

"시험을 치른다고 했소. 성적이 좋으면 무관학교 속성 과정에 들어가 장교 훈련을 받는다고 하오. 그래서 다들 전쟁이 끝나면 잠을 줄여가며 공부해야 하는 거 아니냐며 난리가 아니라오."

말 상대가 주정부의 관료라 해서 그가 듣기 좋아하는 말만 하는 건 아닌 듯했다. 그들의 대화를 듣고 있는 다른 병사들도 웃는 낯으로 고개를 끄덕였다.

"그럼 그간 배운 게 있소?"

"허허, 물론이오. 훈련소에서도 그렇고, 자대에 들어와서도 거의 매일 밤마다 그 뭐냐, 소양 교육이란 걸 받았소이다. 처음엔 병졸이 싸움만 잘하면 되지 뭔 공부를 하냐고 투덜댔지만, 지금은 그때 더 열심히 할걸, 하고 후회하고 있다오."

"하하, 그렇구려."

신채호와 김구는 병사들과 허심탄회하게 나누는 이런 대화가 참으로 좋았다. 병사와 대화를 끝나자 김구와 신채호는 따로 이야기를 나누었다.

"단재, 이겼네. 이번 전쟁은⋯ 무조건 이길 수밖에 없지 않겠나?"

"맞는 말이오, 형님. 병사들의 사기가 저리 드높으니."

두 사람은 이미 의형제 관계를 맺고 있었다. 신채호보다 네 살이 많은 김구가 자연스레 의형이 되었다.

"내 생각 같아선 당장 군문에 들어가고 싶네만⋯ 아까 전투를 지켜보는데, 피가 끓는 줄 알았네."

"저도 그랬소. 하지만 우리도 나름대로 나라를 위해 기여할 바가 있는 것 아니겠소?"

"하여간, 즐거워. 간도에 들어오고 나서 모든 게 좋기만 해. 신문물을 배우는 것도 그렇고, 좋은 동지들을 많이 만난 것도 그렇고, 또 이 나라의 장래가 창창하다는 걸 확인할 때마다 그저 이게 꿈은 아니겠지… 이런 생각만 하게 된다네."

"허허, 내가 할 말이오."

두 사람의 얼굴에 환한 미소가 번졌다.

잠시 후, 다시 부관이 부리나케 연대장을 찾았다.

"연대장님, 9연대에서 연락이 왔습니다. 적 후방에 도착했답니다."

"오, 그래? 언제 작전이 가능하대?"

"한 시간 후에 시작하잡니다."

"알았다. 그럼 각 대대에 빨리 알려줘라."

홍순우는 이제 때가 되었다는 듯 득의의 미소를 지었다.

1연대와 9연대의 합동작전은 역시나 포격으로 시작됐다. 그리고 기관총들도 적 참호를 향해 맹렬히 총탄을 날리기 시작했다. 그사이, 참호 공격조는 이전처럼 적 참호에 접근해 유탄이나 로켓포로 공격을 퍼부었다. 확실히 이런 전투에서 K11의 활약은 눈부셨다. 사수가 어느 정도 조준할 수 있는 거리에만 들어가면 여지없이 적 참호에 명중탄을 날렸다.

결국 1연대 병력은 눈앞에서 버티던 적 진지를 모조리 점령했다. 그리고 다시 숨을 고른 후, 다음 능선에 포진한 적을 목표로 조금씩 전진하기 시작했다.

그때였다. 적의 참호마다 일제히 백기가 올랐다.

홍순우는 급히 모든 병사들에게 전투를 중지하라고 명령했다.

잠시 후, 적은 총을 버리고 자진해서 능선을 줄줄이 내려오기 시작했다.

"후후, 옆구리와 뒤통수까지 맞으니 더 이상 버티기 힘들었겠지. 그래도 적 지휘관 놈들의 품성이 괜찮았던 모양이야? 내가 아는 왜놈들이란 그저 원래 최후의 한 사람까지 싸우는 거였는데."

홍순우는 웃으며 항복 결정을 내린 적장을 치하했다.

"어라? 뭔 일이래?"

"그러게."

"가만! 놈들이 항복하는 건가? 그렇다면… 이긴 건가?"

무슨 영문인지 몰라 눈을 동그랗게 뜨고 상황을 살피던 병사들은 이내 자신들이 승리했단 사실을 깨달았다.

"와! 이겼다!"

"대한제국 만세! 간도 진위대 만세!"

"만세!"

결국 1사단의 전투는 얼마 안 가 모두 종결되었다. 북부의 일본군뿐만이 아니라 연추 쪽의 사단 사령부도 8연대와 10연대 병력에 의해 점령당했기 때문이다.

일본군 히라사[平佐] 15사단장은 항복 결정을 내린 후 자결을 했다. 하지만 두 명의 연대장은 포로로 잡혔다. 이들 두 명의 고위 장교를 포함 일본군 포로는 총 3,000여 명에 달했다. 또 이 포로 중엔 포시에트 항에 입항했던 일본 해군 소속의 수병도 다수 포함되었다. 간도군은 이들 해군 소속의 포로들은 따로 분류해 포시에트 항에 수용했다.

러일전쟁 종전 후 일본이 러시아로부터 빼앗은 연해주 남부의 땅은 이제 간도군의 차지가 되었다.

훗날 간도 자유주는 이 땅에 녹둔도군과 연추군, 두 개 군을 설치하게 된다. 청과 러시아, 대한제국, 이렇게 3개국이 마주 보는 복잡한 국경선을 모조리 지워 버리고, 훈춘군 남부의 판석진 남쪽 산악 지대와 두만강 동안 지역, 두만강 삼각주를 녹둔도군의 영역으로 삼았다. 또 연추군의 영역은 염주성(크라스키노)에서 러시아 국경까지 이르렀다.

제7장

선전포고

간도주보는 연일 전장의 소식을 보도했다. 덕분에 일주일에 한 번 발행되는 신문이 거의 매일 나오게 되었다.

속보! 간도 진위대, 연해주 전투에서 일본군에게 대승을 하다!

간도군의 자랑, 1사단 1연대 병력은 연해주 연추 북쪽의 전투에서 일본군을 무찌르고, 또한 함경도 무산에서도 전투가 있던 바, 적을 거의 궤멸지경에 몰아넣었다고…….

진위대 사령부 발표에 따르면, 함경도와 평안도, 연해주에서

우리 군은 승승장구하고 있으며, 조만간 더 좋은 소식을 전해
줄 수 있을 것이라 밝혀…….

"오오, 그럼 그렇지! 속이 다 시원하군! 저 왜놈들을
깨부수고 있다니."

"허허, 우리 군이야말로 무적의 군대가 아닌가."

벽보처럼 붙어 있는 신문을 읽으며 주민들은 환성을
터트렸다. 하지만 그렇지 않은 이도 간혹 있었다.

"그런데 자네 얼굴은 왜 그리 침울한가?"

"이겨서 좋긴 한데, 우리 아들놈이 걱정돼서…….''

"어허! 여기 아들을 군대에 보낸 사람이 얼마나 많은
데 그러나. 두세 집 건너 하나씩은 다 군인 집안 아닌
가. 그러니 걱정되더라도 너무 내색하지 말게나."

"맞는 말이네. 자네 얘길 들으니 나도 기분이 좀 그렇
군."

"미안하네. 내가 주책을 부린 모양일세."

"그런데… 이 전쟁은 언제나 끝날까?"

"주정부에선 이번 전투를 한 달 안에 끝낼 거라고 장
담하던데?"

"후, 그렇겠지. 하지만 왜놈들이 이번에 졌다고 가만

히 있을까? 또다시 군대를 보내겠지?"

"결국… 앞으로 계속 전쟁을 해야 한단 말이군."

"왜놈들이 이 나라를 침략해 오면서 시작된 일일세. 왜놈의 세력을 완전히 꺾어버릴 때까지 우린 계속 싸워야 할 거야. 전쟁이 무섭다고 피하면 우린 놈들의 손아귀에 들어가는 거지."

민초들 또한 이 나라의 운명을 잘 알고 있었다. 일본과 싸움이 시작된 이상 앞으로 최소 몇 년간 전쟁을 계속해야 한다는 사실을, 또 피할 수 없는 현실이란 사실을 이미 깨닫고 있었다. 그렇기 때문에 이번 전쟁에 대해 환영하면 환영했지, 반대하는 이는 찾아볼 수 없었다.

그뿐만이 아니었다. 자발적으로 전쟁 기금을 모으기도 하고, 군수물자를 생산하는 공장으로 찾아와 품삯을 받지 않고 일을 하겠다는 이들도 있었다.

어쨌든 이번 전쟁으로 인해 군수품과 관련된 산업들이 빠르게 성장하고 있었다. 그 탓에 생산품 중 일부 혹은 그걸 모방한 제품들이 시장으로 흘러나오기도 했다. 군복과 같은 의복류부터 플라스틱 그릇 같은 합성수지류 제품들에 술까지.

전쟁 스트레스를 풀어주기 위해 가끔 휴식 시간에 곁들이라고 술을 제공하기도 했는데, 그 술이 바로 소주였다. 곡주는 금방 상해 군용으로 쓸 수는 없으므로 증류주를 물로 희석해 만든 제품을 제공해 준 것이었다.

그런데 이 술이 의외로 인기가 있자 어느 양조장이 이를 상품으로 개발해 시장에 내놓은 것이다. 물론 술의 가격은 매우 쌌다.

"어휴, 생각만 해도 끔찍하군."

"하하, 얼마든지 오라고 해! 우리도 봤잖은가, 우리군의 무서움을. 오는 족족 모두 무찔러 버릴 걸세!"

이렇게 호탕하게 큰소리를 치는 그도 자식을 군대에 보낸 이였다. 마음 한켠에 자리한 불안감을 떨쳐 버리려 이렇게 과잉 행동을 하고 있는지도 몰랐다.

"그런데 우리 아들이 나가 있는 쪽 소식은 왜 이렇게 안 들어오지?"

"어느 쪽에서 싸우는데?"

"서쪽으로 간다고 하던데."

"서쪽? 남쪽도 아니고?"

"응."

가까운 동부 전선이나 남부 전선의 소식은 이렇게 하

루 이틀 차이로 들어왔지만, 서쪽은 아직 어떤 소식도 없었다.

*   *   *

이제 서부 전선에도 전과 달리 팽팽한 기류가 흘렀다. 모든 부대들이 무사히 최종 목표 지점에 도착한 것이다.

그간 '정벌' 작전을 맡은 서부의 정벌군 사단들은 작전 목표 근방의 마을과 도시를 점령한 후에 남만주 철도가 지나는 곳, 즉 관동주의 일본군 철도 수비대의 주둔지 부근에서 적의 동태를 살피며 대기하고 있었다.

4사단 소속의 7연대와 18연대는 각기 장춘의 남쪽과 북쪽에 웅크리고 있었고, 서정인 대령의 12연대는 서안(요원)을 점령한 후 그곳을 떠나 회덕현(懷德縣) 근처에 포진했다.

회덕은 후세에 공주령시라 이름이 바뀌는데, 남만주 철도 노선의 역이 설치되어 있는 곳으로, 장춘과 사평 사이에 위치해 있었다. 처음 러시아가 남만주 철도를 건설할 때, 주요 군용 철도역으로 지정한 곳이기도 했다.

22연대는 해룡성(매화구)를 떠나 개원 근처에 자리를 잡았다. 개원은 러일전쟁 당시 격전지였던 곳이며, 역시 남만주 철도역이 설치된 지역이기도 하다.

5사단도 마찬가지였다. 김평석 대령이 지휘하는 제13연대는 철령을 눈앞에 두고 있었고, 현홍근 중령의 19연대는 무순을 떠나 봉천 동쪽에 자리를 잡았다. 김이걸 중령의 23연대는 본계를 점령하고 봉천 남쪽의 요양을 노리고 있었다. 하지만 신치옥 중령의 25연대는 다른 부대와 달리 남만주 철도역 노선이 아닌, 압록강 변의 안동과 그 북쪽의 봉황성이 최종 목표였다. 즉, 서간도 지역의 점령을 맡은 부대였던 것이다.

결국 간도군이 1차적으로 노리고 있는 남만주 철도역은 장춘과 회덕, 개원, 철령, 봉천, 요양 등이었는데, 그 이외의 지역은 1차 작전이 끝나는 대로 정리할 요량이었다.

즉, 이곳들을 동시에 공격, 전선을 여러 개로 쪼개놓는 게 작전의 요체였다. 그러면 남만주 철도 노선을 따라 길게 배치된 일본군 수비대가 서로 호응을 하지 못하므로 효과적으로 적을 제압할 수 있게 된다.

4사단장 추명찬 준장은 7연대장 함홍식 대령 및

18연대장 김원교 중령과 더불어 장춘 근처 동편, 구릉지대에 도달해 있었다. 길림에서 장춘에 이르는 보급로를 지키기 위해 1개 대대 병력을 떼어놓고 왔다 해도 이번 장춘 공략전에 참가하는 병력은 거의 1개 여단에 가까웠다.

장춘은 한창 성장 중에 있는 도시였다. 원래 몽고 팔기군이 관할하던 지역이었는데, 남쪽에서 한족 개척민을 받아들이면서 이들을 관리하기 위해 처음 관청이 설치되었고, 이후 인구가 늘어 현재의 장춘이 된 것이다. 후일 일본이 세운 괴뢰국, 만주국의 수도가 되는 도시이기도 했다.

물론 현재 시점의 장춘은 그리 큰 도시가 아니었다. 하지만 추명찬의 눈엔 매우 큰 도시로 보이는 듯했다.

"역시… 지금까지 본 곳 중 가장 큰 고을이구려."

"또 한창 크고 있는 곳이기도 합니다. 그러니……."

"그러니 더 크기 전에 빨리 점령해야 한다?"

"하하, 그렇습니다."

함흥식은 추명찬의 변화가 기꺼웠다. 만주 지역을 누비며 전투를 치르다 보니 어느새 도래인 출신의 간도군 장교들과 비슷한 정서를 보유하게 된 것이다.

"다들 전술목표는 모두 주지하고 있소?"

"물론입니다. 명령만 기다리고 있습니다."

"이제 약속된 시간이 가까워 오니 모두 자리로 돌아가시오. 그리고 별도의 명령이 없더라도 시간이 되면 각기 공격을 시작하시오."

"알겠습니다."

연대장들이 휘하 장교들을 데리고 돌아간 뒤 얼마 지나지 않아 간도군의 공격이 시작되었다.

퐁! 퐁! 쒸웅! 쒸웅!

꽈광! 쿠르르쾅!

1개 여단에 달하는 대군이 동시에 박격포탄을 날리기 시작했다. 포탄은 각기 다른 목표를 향해 날아갔다. 장춘역과 그 근처의 일본군 막사가 목표가 된 건 당연한 일이었다.

하지만 이들의 공격 목표에는 다른 곳도 포함되었다. 비록 민간인 거주지를 직격하지는 않았지만, 그 근처에도 포탄이 떨어졌다. 청의 관청도 마찬가지였다. 사정을 모르는 사람이 보면 사격술이 형편없는 군대가 무차별로 난사한 것처럼 보였을 것이다. 하지만 이 모두가 계산된 전술 행동이었다.

졸지에 기습을 당한 일본군은 대혼란에 빠졌다. 일본 측은 북에서 남으로 남만주 철도역이 설치되어 있는 지역마다 보통 1개 중대 병력을 배치했는데, 이곳 장춘은 러시아 세력의 남하를 견제해야 하는 곳—러시아 군은 하얼빈에 주둔하고 있고, 이곳은 일본군의 북방 주둔지 한계선이다—이라 1개 연대에 가까운 병력이 주둔하고 있었다.

포탄에 골고루 당한 일본군 병영은 아수라장이 되었고, 대다수의 일본군이 초기 포격에 괴멸당했다. 일본 군의 피해가 이렇게 컸던 이유는 기습 공격이 잘 먹힌 탓도 있지만, 박격포의 빠른 연속 사격 속도 때문이었다.

추명찬 사단장은 어느 정도 일본군 피해가 확인되자 병력을 전장으로 빠르게 진입시켰다. 그에 김원교는 18연대 병력을 이끌고 적의 남쪽으로, 즉 남쪽 퇴로를 차단하며 전장으로 진입했고, 함흥식의 7연대는 북쪽과 동쪽에서 접근했다. 즉, 서쪽만 남겨두고 삼면을 포위한 형세인 것이다.

전장에 가까이 접근한 간도군은 일정 거리에 이르자 진군을 멈추고, 아직도 우왕좌왕하는 적 진영을 향해 기관총 세례를 퍼붓기 시작했다.

생존한 적 병사들이 간혹 반격을 하기도 했지만, 그 즉시 기관총의 처절한 응징을 당해야 했다.

함흥식은 망원경을 통해 살아남은 적이 병영을 빠져나와 시가지로 들어가는 걸 확인하고는 회심의 미소를 지었다. 그는 재빨리 휘하 병력에게 명령을 하달했다.

명령을 받은 병력들은 각기 약속된 지점을 향해 경계 상태를 유지하며 천천히 전진했다. 그런 이들을 각 대대 소속의 저격병들이 엄호했다. 간혹 후퇴하지 못한 적 병사가 남아 무방비 상태의 아군을 공격할 수도 있기 때문이다. 그런 이유로 저격병들은 망원경으로 건물 잔해 사이사이를 샅샅이 살피며 적의 존재를 확인하곤 했다.

이윽고 일본군의 병영을 모두 점령한 간도군은 느긋하게 휴식을 취했다. 마치 일본군 패잔병들보고 알아서 달아나라고 배려하는 것 같은 모양새였다.

"사상자는?"

"아직 없습니다."

"허허, 그래? 잘된 일이군."

추명찬은 이번 정벌 작전에서 장춘과 봉천 작전이 매

우 어려운 과제가 될 것이라 예상했다. 하지만 희생자 없이 첫 고비를 무사히 넘겼다.

포화가 멎고 잠시 정적이 찾아오자 다시 거리가 시끄러워지기 시작했다. 피난민들이 거리로 나선 것이다.

"후후, 피난민들이 생겨나기 시작했군."

"그렇습니다. 이제 더 많아질 겁니다."

이곳 주민들 입장에서 작금의 전투는 날벼락이나 다름없었다. 낯선 대군이 갑자기 나타나 엄청난 양의 포격을 해 대더니, 일본군을 거의 전멸시켰다. 이들로서는 마른하늘에 날벼락을 맞은 것 같은 심정이었다. 또한 러일전쟁이 끝난 지 거의 1년도 안 된 시점에서 또 다른 전쟁이 시작되었다는 데까지 생각이 미쳤을 것이다.

그런 상황에서 주민들은 일본군 패잔병들이 자신의 주거 구역으로 들어오자 거의 패닉 상태에 빠지게 되었다. 이들은 본능적으로 이곳이 곧 전쟁터가 될 거란 사실을 깨달았다. 그래서 고민할 것도 없이 한창 짐을 싸고 있는데, 또다시 밖에서 큰 소리가 들려왔다.

간도군이 준비해 온 확성기에서 한어와 청국 관어가 흘러나온 것이다.

"우리는 대한제국군이다. 아국을 침략한 일본군을 응

징하기 위해 출정했다. 아울러 간도 변경을 침범해 양민을 공격한 마적단 일원을 처단하러 왔다. 마적단을 보낸 점산호 수괴도 마찬가지다. 죄를 자복하고 항복하면 벌을 감해줄 테니, 이에 해당하는 자는 모두 나서라. 그리고 이 거리에서 곧 군사작전이 시작되니 주민들은 모두 피신하기 바란다."

물론 이런 메시지에 호응해 자수할 이는 없을 것이다. 메시지를 전달하고 나자 더 많은 주민들이 피난민 대열에 합류했다.

민간인들에게 몸을 피할 시간을 충분히 준 간도군은 다시 요란하게 전투를 시작했다. 일본군 패잔병이 숨을 만한 곳엔 가차 없이 포탄을 퍼부었다. 덕분에 민가들이 큰 피해를 입었다. 물론 주민들이 떠난 뒤라 인명피해는 거의 없었다.

저들이 왜 이런 형태로 작전을 펼치는지, 알 만한 사람은 다 알 것이다. 그리고 이런 형태의 작전은 도처에서 닮은꼴로 진행되었다.

＊　　　＊　　　＊

서정인 대령의 12연대 또한 회덕현(공주령시)을 가볍게 점령했다. 아군 연대 병력이 적 중대 병력을 상대로 기습 공격을 했으니 결과는 뻔했다. 서정인은 1개 중대만 남겨 회덕을 지키게 하고, 기세를 몰아 그대로 사평을 향해 남진하기 시작했다. 최군칠 중령이 지휘하는 22연대 또한 개원을 공격해 점령한 후 남쪽으로 향했다.

5사단의 작전은 조금 다른 형태로 진행됐다. 김평석 대령의 13연대는 철령을 점령했지만, 현홍근 중령의 19연대는 봉천 외곽에서 계속 대기 상태에 있었고, 요양을 치기로 한 23연대 또한 요양 인근에서 몸을 숨기고 있었다.

"지금쯤 봉천이 난리가 났겠소."

"하하, 그럴 겁니다. 철령 이북의 모든 부대와 연락이 끊겼을 테니. 아마 공격 받고 있다는 보고도 받았을 겁니다."

제5사단장 김인수 준장은 김평석 연대장과 더불어 주변을 살피고 있었다.

"그럼 곧 적들이 올라오겠구려."

"얼마가 올라올지 모르지만, 미리 함정을 파놓을 생

각입니다."

"후후, 볼만하겠소."

13연대가 점령한 이곳 철령은 봉천 바로 북쪽에 자리한 지역이었다. 김인수는 철령 지역의 피난민 행렬로 시선을 돌렸다.

"허허, 피난민이 꽤 많구려."

"뭐, 우리가 워낙 요란하게 전투를 했으니."

"어쨌든 작전 목표는 달성한 셈이오."

"이곳 주민들은 이제 전쟁이라면 아마 치가 떨릴 겁니다. 러일전쟁 때, 이곳이 바로 전쟁터였으니. 또 러시아 군이나 일본군이나 주민들을 많이 괴롭혔을 겁니다. 그러니 저런 반응을 보이는 거 아니겠습니까?"

이곳 만주 지역은 러일전쟁의 여파가 크긴 했다. 청나라 성경 장군부 관청조차도 봉천에서 서쪽으로 이웃한 신민부로 피난을 떠나 아직도 신민부에 눌러앉아 있었으니, 민간인이야 오죽하겠는가.

늘 그렇듯 전쟁의 가장 큰 희생자는 민간인이었다. 군기가 엄정하지 못한 군대일수록 민간인을 더 괴롭히게 마련이었다. 그래서 이곳 주민들은 으레 전쟁이 터지면 피난을 떠나는 게 일상화되었을 것이다.

"그럼 4사단 병력은 언제 도착할 것 같소?"

"모두 도착하려면 며칠 걸릴 겁니다. 하지만 개원에서 출발한 22연대 병력은 머지않아 도착하지 않겠습니까?"

봉천 이북의 일본군 병력은 모두 기습 공격을 감행해 쉽게 정리했지만, 봉천 이남은 조금 다르게 처리할 모양이었다. 그래서 김평석 대령의 13연대 역할이 무척 중요했다. 봉천에서 올라오는 구원군을 견제하며 북쪽의 제4사단 병력이 합류할 때까지 버텨줘야 하는 것이다.

4사단의 추명찬 사단장은 장춘 전투가 끝나자마자 화룡에서 달려온 2차 보급대와 더불어 남진하고 있었다. 그는 함흥식 대령의 7연대 병력에게 길림—장춘—회덕—사평—개원에 이르는 보급선의 방어를 맡겼다. 그리고 18연대와 더불어 남만주 철도 노선을 따라 남하하며 중간 지점에 포진해 있는 12연대와 22연대 병력과 합류할 예정이었다.

그렇게 되면 이곳 철령의 5사단 13연대와 더불어 다시 1개 사단 병력이 봉천 북쪽을 노리게 되는 셈이다. 물론 같은 시점에 무순 쪽에 있는 19연대도 봉천 동쪽

을 공략할 예정이고, 더 남쪽의 23연대는 바로 요양을
점령할 계획이었다.

＊   ＊   ＊

3사단이 작전을 펼치고 있는 평안도의 작전 상황 또
한 거침이 없었다. 압록강 남안을 따라 초산, 벽동, 창
성, 삭주 지역을 차례로 점령한 박강민 대령의 2연대 병
력은 압록강 하류 지역에 포진한 소규모 일본군과 교전
끝에 의주와 용암포까지 점령한 후, 방향을 틀어 경의선
을 따라 남하하기 시작했다.

이 부대의 진군 경로는 철산과 선천을 거쳐 최종적으
로 정주에 도착해 다른 부대와 합류할 예정이었는데, 이
모두가 평안북도 해안가에 있는 고을들이었다.

강환일 대령의 3연대 병력은 영변 전투가 끝난 후,
인근의 태천과 박천의 일본군마저 정리한 후 정주를 눈
앞에 두고 있었고, 공도혁 대령의 11연대는 덕천과 개천
을 거쳐 안주까지 점령해 버렸다.

이로 인해 평안북도의 한국 주차군 소속의 일본군과
헌병대 잔당들은 남쪽 퇴로를 완전히 봉쇄당하고 말았다.

평안남도에서 작전을 펼치고 있는 연대들도 마찬가지였다. 이들은 평양 인근의 여러 고을들을 차례로 점령한 후, 평양 인근에서 대기하고 있었다. 남쪽에서 올라오는 적 증원군을 기다림과 동시에 북쪽의 아군이 합류하길 기다리는 형국이었다. 평양에서 적에게 지대한 타격을 입힐 심산인 것이다. 그리고 평양 부근의 간도군은 13도 의군의 협조를 받아 시내 주민들의 피난을 유도하고 있었다.

＊　　　＊　　　＊

박진규 대령이 지휘하는 해병대 2연대는 두만강 서안의 적을 소탕한 후, 기세 좋게 함경도 동해안을 따라 남하하고 있었다.

"하하! 이거 뭐, 거의 무인지경이군."

"그러게 말입니다. 저놈들, 청진까지만 가면 살 수 있을 거라 생각한 모양입니다. 앞뒤 가리지 않고 부리나케 남쪽으로 도망치는 걸 보니."

이들이 쫓고 있는 일본군은 15사단 병력 중 두만강에서 청진까지의 구간을 방어할 목적으로 13사단을 지원하기 위해 나와 있던 부대 중 일부였다. 현재 함경도 곳곳의 일본군은 만주 전선과 마찬가지로 허리를 돌파당해 전혀 연계가 안 되고 있는 상황이었다. 그러니 우군의 상황을 알 수도 없고, 게다가 무려 연대 병력이나 되는 대군이 자신의 뒤를 쫓고 있으니 그저 도망가는 게 상책이었다.

"여기가 나진이라고 했나?"

박진규는 수려한 해안 풍경이 눈앞에 나타나자 잠시 걸음을 멈추고 주변을 둘러보았다.

"그렇습니다."

"햐, 역시 공기가 다르네. 오랜만에 보는 동해야. 그럼 여기서 잠시 쉴까?"

박진규는 청량한 바닷바람과 푸른빛 바다와 마주하자 잠시 감상에 빠졌다. 그리운 뭔가가 스멀스멀 그의 코로, 눈으로 들어오는 것 같은 기분이었다.

"몇 시간 전에 본 웅기항보단 여기가 훨씬 낫지 않나?"

"그렇습니다. 웅기항은 어항으로 유명하고, 여기 나진은 천혜의 조건을 갖춘 항구라 들었습니다."

참모의 말대로 나진항(羅津港)은 동해에서 자연적인

양항으로 이름이 높은 포구였다. 물론 지금은 항구가 들어선 상태가 아니었다.

주정부는 함경도 동해안 지역을 상대로 면밀한 개발계획을 세워놓았다. 후세에 그랬듯 청진에서 나진까지는 중화학공업단지가 들어서게 된다. 몇 개의 포구는 군항으로 개발될 예정이고, 해병대 사령부는 무수단 근처에 두기로 했다.

해병대는 당분간 함경도 해안 지대의 경계를 맡을 예정인데, 물론 육군 부대가 충원되면 그 임무를 육군에게 넘기고 해병대 본연의 역할로 돌아갈 것이다.

"후후, 우리 해병대 사령부가 무수단에 설치될 줄 누가 알았을까?"

"그러게 말입니다."

무수단은 청진 남쪽, 동해 쪽으로 툭 불거진 곳에 자리하고 있어 동해안 지역의 방어에 가장 적합한 지형적 특성을 보이고 있었다.

"자, 그럼 출발할까?"

박진규는 툭툭, 털고 일어나더니 다시 전투 모드로 돌입했다.

비록 서전에 엄청난 화력을 쏟아부어 적을 무력화시켰
다 해도 일본군 13사단 사령부가 있는 라남을 점령하는
일이 식은 죽 먹듯 쉬운 건 아니었다. 부령 근처의 방어
진지 몇 개를 차근차근 깨부수고, 부령을 점령하고 나자
간도군은 빠른 속도로 진격할 수 있었다.

수성천을 따라 해안 쪽으로 쭉 내려오면 먼저 청진항
과 만나고, 거기서 서남쪽으로 방향을 틀어 조금만 더
가면 바로 라남이었다.

전투 초기, 기습적인 포격에 큰 피해를 입은 모양인지
청진항의 적은 모두 라남으로 후퇴한 모양이었다.

해병대장 정민창과 해병대 제1연대장 문규민 대령,
그리고 간도군 육군 2사단 제4연대장 하진석 대령은 청
진항에서 진군을 멈추고 잠시 회의를 하고 있었다.

"특전대의 보고입니다. 부령과 청진에 주둔했던 적
패잔병들이 라남에 모여 있답니다. 라남의 적 사령부 또
한 초기 포격에 큰 피해를 입었고, 현재 분주히 흩어진
병력을 모으고 있답니다. 어쨌든 적 규모는 1개 연대 병
력 정도로 추산된다고 합니다. 초반 포격에 포병대가 모

두 당해 현재 소화기로만 무장한 상태랍니다."

"흠, 거의 반이 살아남았단 말이네?"

"그렇습니다."

"하 대령, 아무래도 우리가 도와줘야 할 것 같은데요, 피해 없이 적을 토벌하려면. 그리고 어차피 우리 1연대가 함경남도 해안선 방어를 맡아야 하니 같이 가시죠. 시차를 둘 필요 없이 말이죠."

"음, 알겠습니다. 그게 좋겠습니다."

"그럼 내가 사령부 병력과 1개 대대 병력으로 여길 지키고 있을 테니, 문규민 연대장과 같이 작전을 짜보세요."

"알겠습니다. 그런데 북쪽에서 오는 적 패잔병 수가……."

"아, 그건 걱정 마시고. 우리 해병대 2연대 병력이 몰고 오는 놈들이 여기까지 오려면 한참 멀었으니까. 그리고 그 수도 얼마 안 된다고 하니. 그리고 우린 자주포도 보유한 부대 아닙니까? 하하, 여차하면 저걸로 확!"

정민창은 그 말을 하며 어린애처럼 웃었다. 아주 좋은 장난감을 가졌다고 친구에게 자랑이라도 하듯이 말이다.

하진석은 어색한 웃음을 짓더니 고개를 끄덕였다.

"네, 알겠습니다. 그럼."

잠시 후, 라남의 적 진영을 상대로 해병대 1연대와 육군 제4연대의 합동작전이 시작되었다. 해병대 병력은 라남 북쪽의 산악 지대로 들어가 상대적으로 허술한 적의 측면을 노렸다. 물론 산악 지대에 있는 몇 개의 적 방어진지를 처리할 목적도 있었다.

포진이 완료되자 바로 공격이 시작되었다.

퐁! 퐁!

꽝! 꽝! 꽝!

일본군 13사단 병력은 북쪽 산악 지대의 엷은 방어망을 믿고 측면, 즉 동북쪽의 간도군 4연대 병력의 공세에 대한 방어에 집중하고 있었다. 하지만 포탄들이 북쪽과 동쪽에서 거침없이 비처럼 쏟아져 내리기 시작하자 이내 급격히 무너지기 시작했다.

모래 포대로 쌓은 방어벽은 하늘에서 쏟아져 내리는 포탄에 무용지물이었다. 결국 일본군은 수많은 사상자를 낸 후, 다시 남쪽으로 해안선을 따라 후퇴하기 시작했다.

이로써 간도군은 연해주와 함경도에 주둔하던 일본군 2개 사단의 사령부를 모두 점령하게 되었다. 한마디로 중요한 전투가 모두 성공적으로 끝난 것이다. 이제 쭉쭉 진군하며 잔적들을 소탕하는 일만 남았다.

＊　　　＊　　　＊

함경남도 단천을 쳐서 적의 허리를 동강낸 2사단 5연대 병력은 해안선을 따라 거침없이 남하했다. 고을마다 소대 혹은 중대 병력 정도만 배치된 함경남도 해안 지역은 거의 무인지경이나 다름없었다. 5연대 병력은 이미 이원을 점령했고, 앞으로 북청과 홍원을 거쳐 함주, 함흥에 이르는 긴 원정로를 가야 했다.

일본군 방어 진영이 이리 허술했던 건 무엇보다 간도군에 대한 정보 부족 때문이었다. 설마 간도군이 1개 사단이나 되는 병력으로 함경도를 노릴 줄 누가 알았으랴! 게다가 자신들보다 더 나은 화력으로 무장했을 줄은 꿈에도 몰랐을 것이다. 그저 적이 집중되어 있다고 여겨지는 무산령 쪽만 잘 막으면 될 일이라 판단했을 것이다.

최태일 대령의 제6연대는 그보다 남쪽에서 함흥의 적들을 낱낱이 소탕하고 있었다. 이미 홍범도 연대가 남쪽의 적을 처치한 덕에 마음껏 함흥과 함주 일원의 적들을 때려잡고 있었다.

홍범도의 16연대는 빠른 속도로 영흥과 고원 및 문천의 일본군을 정리한 후 원산 인근에 다다랐다.

"연대장님, 남쪽에서 병력이 올라오고 있습니다. 아무래도 13도 의군의 안변 지구대 병력 같습니다."

"오, 그래?"

잠시 후, 안변 지구대 중대 병력이 숲 속에서 모습을 드러냈다.

"허허, 반갑소이다. 간도군의 연대장 홍범도라 하오."

"충! 전 안변 지구대장 유명규 부위올시다."

유명규는 홍범도에게 깍듯이 인사를 했다. 홍범도도 그렇고, 곁에 있는 김종선도 그가 어떤 사람인지 잘 몰랐다.

하지만 그 또한 불행한 역사의 희생양이 된 인물이었다.

그의 활약상은 역사에 고스란히 기록되어 있었다.

유명규(劉明奎 혹은 柳明啓)는 1907년 진위대의 봉기 당시 강화 분견대에서 맹활약을 했던 인물이다. 문헌상에는 당시 그의 계급이 전 참교였다고 나오는데, '전(前)' 자가 붙은 걸 보면 일제가 진위대 병력 수를 급격히 줄일 때 해산당한 모양이었다.

군대 해산과 시위 보병의 교전 소식이 전해지자 진위대 제1대대 강화 분견대 사졸들이 분개하여 격동하고 있었던 바, 이날 전 진위대 참교였던 유명규가 강화부 동문 밖에서 강화 군수 정경수(鄭景洙) 등 일진회원을 살상하고 진위대원을 격동시키므로 대원들이 무기고를 부수고 총기와 탄약을 꺼내어 지방민과 함께 약 800여 명이 의병을 일으켜 일본 순사주재소를 습격하여 일본 순사를 죽이다.

— 매천야록 중.

하지만 그는 곧 비극적인 운명을 맞게 된다.

앞서 지난 8월 9일, 강화 의병 봉기 시에 시민에게 무기를 나누어 주고 군수와 일진회원을 살해하는 데 주동하였던 유명규가 이날 통진에서 일본군에게 포박되어 총살당하다.

— 주한일본공사관 기록 중.

결국 시위대와 진위대의 봉기 당시 수많은 군인들이 비극적 결말을 맞이했듯 그도 마찬가지였다. 하지만 이제 역사가 바뀌어 유명규는 계급도 부위로 바뀌고, 13도 의군의 안변 지구대장으로서 이렇게 홍범도 앞에 서 있게 된 것이다.

"그런데 어쩐 일로 우릴 마중 나왔소?"

"남쪽에서 전투를 벌이고 있는 우리 이동휘 연대장께서 명령한 바, 안변의 왜놈 군대와 싸우지 말고 움직임을 주시하다 그들이 움직이면 바로 공격하라는 것이었습니다. 그래서……."

그가 받은 명령은 일단 안변을 지키는 것이었다. 하지만 안변의 일본군이 남이든 북이든 움직이면 바로 몰살시키되, 그들이 남쪽으로 움직이면 그들을 정리한 후 안변을 지키며 대기하고, 북쪽으로 움직이면 간도군이 온 것이니 마중 나가 같이 싸우라는 것이었다.

"허허허, 그랬소? 그럼 안변의 왜적을 모두 소탕했

겠소?"

"그렇습니다."

"장하십니다 그려. 그럼 같이 원산의 왜적들을 모조리 처치합시다."

"네, 알겠소이다."

"그럼 유 부위의 부대가 원산 남쪽의 퇴로를 맡으시오. 우린 이쪽에서 공격을 시작하겠소."

홍범도의 손가락이 일본군 병영을 가리켰다. 그곳엔 적의 연대 본부 건물이 있고, 그 안에 대대 병력이 주둔하고 있었다.

*   *   *

며칠 전, 세창양행 사장 볼터는 한성에서 청국 산동 지방의 독일 조차지로 넘어왔다. 계속 더 많은 물품을 원하는 간도의 요구 때문이었다. 그러고 보니 지난 1년간 간도에 물품을 공급하는 게 세창양행의 주된 사업이 되었다.

워낙 큰 거래처이고 거래할 때마다 큰 이윤을 남기기 때문에 그는 더욱 적극적으로 간도 일에 관여했다. 그리고 가끔 물품 공급 업무 외에도 그들의 심부름을 해주는 건 고객 관리 차원에서 반드시 해줘야 할 일이기도 했다.

그는 항구의 일을 마무리 짓자 조차지 정부의 전신국을 찾았다. 그런데 막상 현관 앞에 이르자 쉽게 발이 떨어지지 않는 듯했다.

"참나, 고 국장도 일개 장사꾼에게 이런 걸 시키다니⋯⋯."

"하하, 사장님, 그 얘기 몇 번째인지 아십니까?"

볼터의 투덜거림에 지사 직원이 미소를 지었다. 말은 저렇게 하면서도 간도의 일이라면 열과 성을 다해 일을 하는 볼터 사장이었다.

오늘따라 그의 표정이 무거워 보이는 건 그 심부름이란 것 때문이었다. 처음엔 그저 단순한 심부름인 줄 알았다. 하지만 그의 손에 들린 전문 내용은 그를 그저 심부름꾼이라, 단순한 전문 전달자라 규정하기에 너무나 위중한 것이었다. 그게 부담스러웠던 것이다.

부하 직원을 떼어놓고 전신국에 들어선 볼터. 그를 독일인 담당자가 반겨주었다. 자주 왕래하다 보니 서로 잘 아는 사이인 듯했다.

"오, 볼터 사장님, 오랜만에 뵙네요. 잘 지내셨어요?"

"허허, 잘 지냈습니다."

"그런데 오늘은 무슨 일로……."

직원의 물음에 볼터는 조용히, 그리고 정중하게 전문이 적힌 문서를 내밀었다.

"이걸… 본국 외교부와 이곳들에 타전해 주십시오."

"아… 네."

아무 생각 없이 전문을 받아 든 직원은 첫 문장을 읽자마자 입이 쩍 벌어졌다.

"대일… 선전…포…고?"

직원은 마치 설명을 요구하는 듯한 표정으로 볼터를 바라보았다. 볼터는 두 팔을 슬쩍 벌려 보였다. 보탤 말이 없다는 투였다.

"대한제국은… 일본에 이 시간부로… 이거, 정말 대한제국 황제가 준 겁니까?"

"그렇습니다."

"그럼 지금 내가 들고 있는 이 문서가 선전포고문인 것도 맞고요?"

볼터는 그저 고개만 끄덕거렸다.

"대한제국이 일본에게 선전포고를? 외교권도 잃은 그 약소국이?"

"그러니 이렇게 비밀리에 이 사람 통해 보내는 거 아니겠습니까?"

"흠……."

"어쨌든 빨리 타전해 주십시오."

"아, 알겠습니다."

자신의 역할은 그저 타전하는 일이다. 그 이상 문제에 대해 왈가왈부할 수 있는 입장도 아니었다. 직원은 문서를 전신 기사에 넘겨줬다.

대일 선전포고!

대한제국은 이 시간부로 일본에 전쟁을 선포한다.

작년 11월, 일본은 한일 친선 교린의 외교 관계를 송두리째 무시하고 무력을 동원, 문서를 날조해 강제적으로 대한제국의 외교권을 빼앗았다. 그뿐인가! 한일조약의 내용도 일방적이고 자의적으로 해석해 대한제국의 내정까지 간섭해 왔다.

이런 시국에 어찌 주권국으로서 가만히 있으리오!

오호라! 이제 대한제국은 하늘의 뜻을 따라 존엄한 국권을 지키고 외교권을 되찾아오기 위해 일본에 전쟁을 선포한다. 이

전쟁의 원인은 모두 일본이 제공한 것이고, 이 전쟁의 최종 책임 또한 일본에게 있음을 널리 알리고자 한다.

외교권을 되찾고 국권을 지키기 위한 이 신성한 전쟁에서 대한제국 정부와 백성은 최후의 일인까지 싸울 것이며, 반드시 일본으로부터 그 죗값을 받아낼 것이다.

그리고 전쟁을 수행하기 위해 간도의 화룡으로 임시 천도한다는 사실도 추가로 공표하는 바이다.

이제 일본은 대한제국의 적이며, 적이 있는 곳이면 그 어디든 전쟁터가 될 것이다. 아국의 목적이 달성될 때까지 이 전쟁은 결코 멈추지 않을 것이다.

— 대한제국 황제.

민우의 부탁으로 황제가 미리 작성해 놓은 선전포고문이었다. 민우는 특히 '적이 있는 곳이면 그 어디든 전쟁터가 될 것이다'라는 문구를 꼭 넣어달라 부탁했다.

대외적으로 만주에서도 전투를 벌이겠다고 선언하고, 또 그에 대한 명분을 스스로 부여한 것이다. 이미 전투는 시작되었지만, 어쨌든 외교적 격식도 그렇고, 이 전쟁의 의미를 세계 각국에 선전할 필요가 있어 이 포고문을 타전하게 한 것이다.

볼터가 건넨 문서의 타전을 막 끝냈을 때다.

조차지 관리청의 또 다른 관리가 급히 들어왔다.

"헉헉! 급전입니다, 급전! 당장 외교부로 이 전문을 보내주세요!"

"네?"

"어서! 작성자는 대한제국 한성 주재 영사……."

순간, 볼터는 뭔가 일이 터졌다는 생각이 들어서인지 고개를 쭉 빼 그 문서의 내용을 읽어보려 했다. 볼터의 존재를 그제야 깨달은 관리가 얼굴을 홱 돌렸다.

"아니, 누구… 아, 볼터 사장님?"

"아, 네. 반갑습니다."

"제가 바빠서……."

이 관리는 일이 급한 모양인지 아는 척만 하고 곧바로 하던 일에 집중했다.

"그럼… 수고하십시오."

슬쩍 인사를 한 볼터는 고개를 갸웃거리며 전신국을 나섰다.

"한성에서 대규모 교전 발생… 한국군과 일본군이 치열한 전투를 벌였다고?"

방금 전, 언뜻 읽은 머리글을 그는 머릿속으로 떠올려 보았다.

"선전포고에… 헉! 그럼 진짜 전쟁? 그럼 간도군이……."

아마도 서양인들 중에 볼터만큼 간도군의 전력에 대해 잘 아는 이는 없을 것이다. 물론 그도 직접 확인한 적은 없지만, 그간 쌓아온 경험으로 결코 만만치 않다는 것을 은연중에 느끼고 있었다. 볼터는 전신국 현관 앞에서 그렇게 한참 동안이나 못 박힌 듯 서 있었다. 그의 직원이 반겨주는 소리도 못 들은 모양새였다.

그때, 다시 벌컥 하고 현관문이 열리더니, 직원이 뛰어나왔다.

"아! 아직 안 돌아가셨네요?"

"나를 찾았습니까?"

"그렇습니다. 방금 사장님이 가져온 전문 문서를 보고 놀라서."

"허허, 놀랄 일이긴 하지요."

"그런데 정말 그거, 한국 황제에게 정식으로 받은 것 맞습니까?"

"그렇습니다만……."

"그럼 우리 독일이 이 문서의 존재를 처음 알게 되는 거네요?"

"그런 셈이죠."

"제가 권한은 없지만, 어쨌든 제가 보고한 내용과 일맥상통하는 것 같으니 관청에 가서 상의 좀 해야겠습니다. 괜찮겠습니까?"

"괜찮습니다만, 그보다 한성에서 무슨 일이 벌어진 겁니까?"

"아, 그리고 보니 세창양행이 한성에서 사업을 하죠? 제가 깜빡했네요. 그럼 당연히 알 권리가 있지요."

관리는 한성에서 벌어진 일을 세세하게 알려주었다.

"그러니까… 한성의 시위대가 봉기를 해서 일본군과 치열한 전투를 벌인 후, 한성 밖으로 물러났고, 한국 황제의 종적이 묘연하다?"

"그렇습니다. 혹시 이에 대해 아시는 게 있으신지……."

"전문 내용대로 한국 황제는 간도 지방으로 향했을 겁니다."

"음, 그렇다면 일본군에게 다시 잡힐 수도 있겠네요? 간도까지 가려면 한참 걸릴 테니까."

"글쎄요. 왠지 그럴 것 같지는 않네요. 지금 한국에서 일본군의 영향력은 현저히 떨어진 상태입니다. 한성만 무사히 빠져나갔다면 별 탈 없이 간도로 갈 수 있을 겁니다. 또 제가 아는 간도 사람이 이 일을 주도했다면……."

"간도 사람? 그가 누굽니까?"

"저도 약속한 바가 있어 여기까지만 얘기해 줄 수 있습니다. 다만, 외교부에서 정식으로 요청해 오면 모르겠지만……."

볼터는 자신이 역사의 거대한 물줄기에 휘말려 들었다는 사실을 깨달았다. 극동 지방에서 일어난 일련의 사건들은 결국 서양에까지 영향을 미치게 되리라. 자신의 조국도 분명 이로 인해 어떤 변화를 맞이할 것이란 것도 말이다.

*　　　　*　　　　*

밤이 되어서야 황제는 화룡에 도착했다. 다른 인사들과 달리 그는 백두산에 내리지 않고 바로 화룡으로 들어왔다.

헬기가 요란한 엔진음과 함께 바람을 몰고 주정부 청
사 뒤편의 마당에 내려앉았다. 황제는 몹시 지친 모양인
지 헬기에서 내리자마자 비틀거렸다. 호위 차 동행한 특
전대원이 부축하려 하자 황제는 손을 휘저었다.

"괜찮소."

황제는 정신을 차린 후 주위를 둘러보았다. 마당엔 불
이 환하게 밝혀져 있고, 모래바람 속에도 수많은 사람들
이 바닥에 부복해 있었다.

"으음……."

황제는 말없이 그 자리에 서 있었다. 여러 감정이 한
꺼번에 몰려온 듯, 그저 조용히 서 있기만 했다. 이윽고
헬기 엔진이 멈추고 프로펠러의 운동도 잦아들자 사람들
의 목소리가 조금씩 들려오기 시작했다. 오래전부터 저
들은 자신을 부르고 있었으리라. 엔진 소음 때문에 듣지
못한 것이다.

그의 눈에 제일 먼저 들어온 이는 자신의 아들인 의친
왕 이강이었다. 그리고 연이어 반가운 얼굴들이 그의 시
선을 사로잡았다.

"아바마마."

"폐하, 신 이학균이옵니다! 원로에……."

"어흐흑, 폐하! 신 현상건이옵니다. 그간 강녕하셨습니까, 폐하."

오랜 시간 그와 호흡을 맞추며 수족처럼 일을 했던 반가운 얼굴들이었다. 이어 다른 신하들의 목소리도 들리기 시작했다.

"폐하, 신 함경도 관찰사 이범윤……."

"폐하, 신 이상설 문후드립니다!"

황제가 한 걸음을 내딛자 신하들이 눈물을 흘리며 가까이 다가오더니 다시 큰절을 했다.

"허허, 다들 오랜만이구려."

"폐하, 신들이 무능하여……."

"허허, 그런 얘기는 나중에 합시다. 자, 짐이 어디로 가야 하오? 여기 오래 있을수록 우리 충신들을 고생시키는 것 아니겠소?"

"허… 폐하, 신들을 용서하소서. 폐하의 객고……."

"어허! 우리 그런 골치 아픈 허례는 빼고 합시다. 자, 모두 일어나시오. 일어나 짐을 안내해 주시오."

황제의 말이 끝나자 조심스레 앞으로 나선 태진훈.

"폐하, 신 간도 자유주 주지사 태진훈이옵니다."

"오, 그대가… 헛허, 역시 영화에서 본 그 모습 그대로구려. 내 그대들 모습은 모두 외우고 있지. 그 영화란 걸 얼마나 많이 봤는지 모른다오."

"영광입니다, 폐하. 그럼 이쪽으로……."

태진훈의 안내로 황제는 청사로 들어갔다.

이후, 황제는 황실 식구들과 영빈관에서 늦은 저녁을 들고 잠시 휴식을 취했다. 덕분에 조금 기력이 회복되자 의친왕을 비롯해 태진훈과 장순택 및 과거 그의 측근들을 불러들였다.

신하들이 줄줄이 들어와 다시 절을 하려 하자 황제는 급히 말렸다.

"자자, 늦은 밤이라 잠시 담소를 나누고자 오라 한 것이오. 그러니 불편한 예는 그만 거두고 편하게 앉아 얘기나 나눕시다. 자, 의자에 앉으시오, 모두."

황제의 성화 덕에 신하들은 쭈뼛거리며 의자에 앉았다.

황제는 차를 내올 때까지 아무런 말도 않고 그저 신하들의 얼굴을 하나하나 뚫어져라 바라보았다.

이윽고 황제가 조용히 말을 시작했다.

"현상건 과장, 이학균 참장, 관찰사 이범윤."

"네, 폐하!"

"다들 고생 많았소."

"아, 아니옵니다, 폐하! 폐하께서 겪으신 고초를 생각하면 신들의⋯⋯."

손을 들어 말을 제지한 황제는 다시 무겁게 말을 이어갔다.

"짐은 죄인이오."

"폐하, 어찌⋯⋯."

"종묘사직을 내팽개치고 이렇게 간도로 피신한 짐이오. 선왕들의 위패도 챙기지 못했소. 그러니 죄인이 아니면 무엇이겠소? 그뿐이오? 짐이 무능하여 저 날강도 같은 왜적 놈의 침탈을 허용했고, 그 때문에 대소 관료와 백성들이 얼마나 큰 고통을 받고 있는지⋯ 이게 누구의 책임이겠소? 결국 이 모든 게 다 짐의 책임이오."

"폐하⋯⋯."

황제는 작심하고 말을 꺼냈다. 과거 일에 대한 반성은 꼭 거쳐야 할 통과의례라 생각한 모양이었다. 더구나 잘못된 현실을 타파해 나가고 있는 주체는 간도 사람들이었다. 비록 자신이 막대한 자금을 제공하고 사람도 보내주었다지만, 그렇다고 사실의 본질이 변하는 것은 아니었다.

"그리고… 태진훈 주지사, 장순택 사령관."

"네, 폐하!"

황제는 자리에서 일어나더니 두 사람에게 다가갔다. 두 간도인 지도자는 깜짝 놀라 그 자리에 엎드리려 했으나 황제가 막았다. 황제는 몸을 낮춰 눈높이를 맞추더니, 번갈아 두 사람의 손을 덥석 잡았다.

"고맙소. 정말 고맙소. 진정 고맙소."

황제의 눈에 물기가 차올랐다.

"그대들이 와줘서 고맙소. 그대들이 있어 고맙소. 그대들이 싸워줘서 고맙소. 그대들이……."

황제는 말을 잇지 못하고 잠시 감정을 억누르려 뜸을 들였다.

"이 순간이 찾아왔을 때, 그대들에게 처음 무슨 말을 할까, 얼마나 많이 생각했는지 모르오. 하지만 정작 준비한 말은 하지 못하고… 이렇게 그저 고맙다는 말밖에 못하고 있으니, 참으로 무능한 군주로다. 허허!"

"황공합니다, 폐하."

결국 황제는 흘러내리는 눈물을 감추려 고개를 숙였다. 의친왕과 신하들도 그런 황제의 모습이 처연해 보였는지 모두가 눈물을 흘렸다. 일국의 수장이지만 인간적으로 그만큼 파란만장한 삶을 산 이도 없을 것이다. 주한 독일 공사 잘데른이 문서에서 여러 차례 기술한 대로, 그는 꽤나 오랜 세월을 '가련한 군주'로 살아왔다.

그의 설움이, 또 그의 처지를 이해하는 신하들의 처연한 감정이 이 공간에서 서로 얽혀들었다.

이전보다 훨씬 밝은 미래가 준비되어 있는 간도였다. 하지만 오늘은 과거의 일이 불거진 날이었다. 앞날이 밝게 보일수록 과거의 일은 더욱 어둡게 느껴진다. 이 공간에 함께 자리한 이들은 모두가 그 칠흑 같은 어둠을 헤쳐 나온 사람들이었다.

한성에서 온 이 시대의 인물들이나, 미래에서 건너온 이들이나… 결국 황제의 아픔이 모두에게 전이되어 다들 마음 깊숙한 곳에 묻어두었던 생채기가 다시 통증을 유발시켰다.

간도의 두 지도자의 뺨에도 눈물이 흘러내렸다. 역사의 소용돌이에 휘말려 가족과 동료를 잃고 삶의 터전을 송두리째 버리고 온 이들이었다. 태진훈이나 장순택 같은 시대의 망명자도, 황제나 그의 신하들 같은 공간의 망명자도 모두가 같은 처지였다.

결국 이들은 같은 감정으로 하나가 되었다, 슬픔으로, 회한으로…….

방 안에 있는 사람들의 감정만큼이나 화룡의 밤은 깊어가고 있었다.

〈『간도진위대』 제10권에서 계속〉

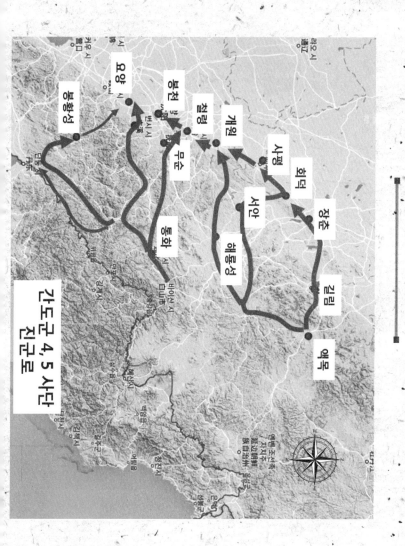

간도군 4, 5 사단 진군로

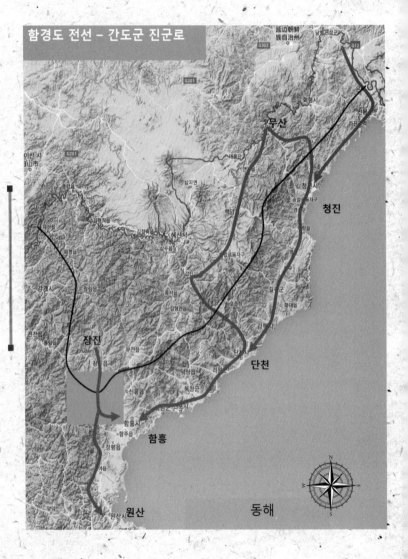

함경도 전선 – 간도군 진군로

무산

청진

장진

단천

함흥

원산

동해

함경도 전선

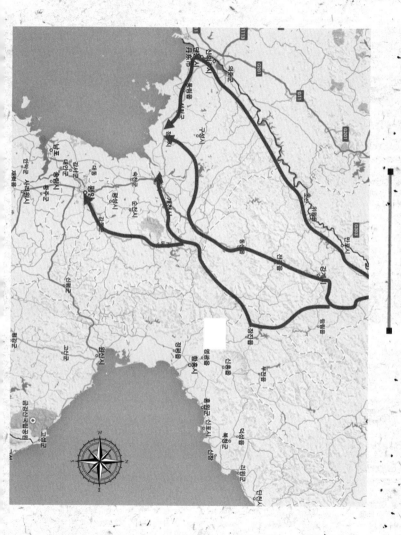

제3사단 진군로

연해주 작전도